U0606739

EX-LIBRIS

到城里去

刘庆邦 著

韩羽中图

藏书票

原野如歌 / 2002 年 / 270 cm × 400 cm

到城里去

精典名家小说文库　谢有顺 主编

刘庆邦

著

作家出版社

图书在版编目（CIP）数据

到城里去 / 刘庆邦著 . -- 北京：作家出版社，
2018.6

（精典名家小说文库）

ISBN 978-7-5212-0088-1

Ⅰ . ①到… Ⅱ . ①刘… Ⅲ .①中篇小说 – 中国 – 当代
Ⅳ . ① I247.7

中国版本图书馆 CIP 数据核字 (2018) 第 126892 号

到城里去

作　　者：刘庆邦
责任编辑：丁文梅
装帧设计：精典博维·肖　杰　马延利
责任印制：李卫东　李大庆
出版发行：作家出版社
社　　址：北京农展馆南里 10 号　　邮　编：100125
电话传真：86–10–65930756（出版发行部）
　　　　　 86–10–65004079（总编室）
　　　　　 86–10–65015116（邮购部）
E–mail:zuojia@zuojia.net.cn
http://www.haozuojia.com（作家在线）
印　　刷：三河市兴博印务有限公司
成品尺寸：125×185
字　　数：74 千字
印　　张：6
版　　次：2018 年 10 月第 1 版
印　　次：2018 年 10 月第 1 次印刷
ISBN　978-7-5212-0088-1
定　　价：39.80 元

作家版图书，版权所有，侵权必究。
作家版图书，印装错误可随时退换。

目录

到城里去

一

　嫁人之前，宋家银失过身。不然的话，她不会嫁给杨成方。杨成方个子不高，人柴，脸黑。杨成方的牙也不好看，上牙两个门牙之间有一道宽缝子，门牙老也关不上门。这样牙不把门的男人，要是能说会道也好呀，也能填话填话人。杨成方说话也不行，说句话难得跟从老鳖肚里抠砂礓一样。老鳖的肚子里不见得有砂礓，谁也没见过有人从老鳖的肚子里抠出砂礓来。可宋家银在评价杨成方的说话能力时，就是这样比喻的。宋家银之所以在和杨成方相亲之后勉强点了头，因为她对自身心中有数。既然身子被人用过了，价码就不能再定那么高，就得适当往下落落。还有一个原因，听媒人介绍说，杨成方是个工人。宋家银的母亲托人打听过，杨成方在县城一个水泥预制件厂打楼板，不过是个临时工。临时工也是工人，也是领工资的人。打楼板总比打牛腿说起来好听些。那时的人也叫人民公社社员，社员都在生产队里劳动，挣工分，能到外头当工人的极少。一个村顶多有一个两个，有的村甚至连一个当工人的都没有。宋家银却摊到了一个工人，成了工人家属。这样的名义，让宋家银感觉还可以，还说得过去。

宋家银还有附加条件，不答应她的条件，杨家就别打算使媳妇。杨成方弟兄四个。老大已娶妻，生子。杨成方是老二。老三在部队当兵，老四还在初中上学。他们没有分家，一大家子人还在一个锅里耍勺子。宋家银提的第一个条件，是把杨成方从他们家分离出来，她一嫁过去，就与杨成方另垒锅灶，另立门户，过小两口的小日子。第二个条件是，杨家父母要给杨成方单独盖三间屋，至少有两间堂屋，一间灶屋。这第二个条件跟在

第一个条件后面，是为第一个条件作保障的，如果没有第二个条件，第一个条件就不能实现。宋家银提条件的主要目的，是为了进门就能当家做主，控制财权，让杨成方把工资交到她手里。结婚后，她不能允许杨成方再把钱交给父母，变成大锅饭吃掉。她要把杨成方挣的钱一点一滴攒起来，派别的用场。宋家银懂得，不管什么条件，必须在结婚之前提出来，拿一把。等你进了人家的门，成了人家的人，再想拿一把恐怕就晚了。说不定什么都拿不到，还会落下一个闹分裂和不贤惠的名声。这些条件，宋家银不必直接跟杨家的人谈，连父母都不用出面，只交给媒人去交涉就行了。反正宋家银把这两个条件咬定了，是板上钉钉，没有丝毫回旋的余地。杨家的人没有那么爽快，他们强调了盖屋的难处，说三间屋不是一口气就能吹起来的，没有檩椽，没有砖瓦，连宅基地都没有，拿什么盖。宋家银躲在幕后，通过父母，冉通过媒人，以强硬的措辞跟杨家的人传话，说这没有，那没有，凭什么娶儿媳妇，把儿媳妇娶过去，难道让儿媳妇睡到月亮地里！她给了对方一个期限，要求对方在一年之内把屋子盖起来，只要屋子一盖起来，她就是杨家的人了。这种说法虽是最后通牒的意思，也有一些人情味在里头，这叫有硬也有软，软中还是硬。至于一年之内盖不起屋子会怎样，媒人没有问，宋家银也没有说。后面的话不言自明。

宋家银提出这样的条件和期限，她心里也有些打鼓，也有一点冒险的感觉，底气并不是很足。好在对方并不知道她是一个失过身的人，要是知道了她的底情，人家才不吃她这一套呢。宋家银听说过开弓没有回头箭的说法，既然把话说出去了，就不能收回来，就得硬挺着。也许杨家真的盖不起屋，也许她把在县里挣工资的杨成方错过了，那她也认了。还好，宋家银听说，杨家的人开始脱坯，开始备木料。宋家银松了一口气，她觉得自己取得了初步的胜利。三间屋子如期盖好了，只是墙是土坯墙，顶是麦草顶，屋子的质量不太理想。宋家银对屋子的质量没有再挑剔。她当初只提出盖三间屋，并没有要求一定盖成砖瓦屋。在当时普遍贫穷的情况下，她提出盖砖瓦屋，也根本不现实。

坯墙是用泥巴糊的。和泥巴时，里面掺了铡碎的麦草，以把泥巴扯捞起来，防止墙皮干后脱落。泥巴糊的墙皮刚干，宋家银就嫁过去了，住进了新房，成了杨成方的新娘。墙皮是没有脱落，但裂开了，裂成不规则的一块一块，有的边沿还翘巴着，如挂了一墙半湿半干的红薯片子。只不过红薯片子是白的，裂成片状的墙皮是黑的。结婚头三天，宋家银穿着衣服，并着腿，没让杨成方动她。她担心过早地露出破绽，刚结婚就闹得不快活。她装成黄花大闺女的样子，杨成方一动她，她就躲，就噘嘴。她对杨成方说，在她回门之前，两个人是不兴有那事的，这是老辈子传下来的规矩，要是坏了规矩，今后的日子就不得好。杨成方问她听谁说的，他怎么没听说过有这规矩。宋家银说："你没听说过的多着呢，你知道什么！"杨成方退了一步，提出把宋家银摸一摸，说摸一摸总可以吧。宋家银问他摸哪块儿。杨成方像是想了一下，说摸奶子。宋家银一下子背过身去，把自己的两个奶子抱住了，她说："那不行，你把我摸羞了呢！"杨成方说："摸羞怕什么，又不疼。"杨成方把五个指头撮起来，放在嘴前，喉咙里发出兽物般轻吼的声音。宋家银知道，杨成方所做的是胳肢人之前的预备动作，看来杨成方要胳肢她。她是很怕痒的，要是让杨成方胳肢到她，她会痒得一塌糊涂，头发会弄乱，衣服会弄开，裤腰带也很难保得住。她原以为杨成方老实得不透气，不料这小子在床上还是很灵的，还很会来事。她呼隆从床上坐起来了，对杨成方正色道："不许胳肢我，你要是敢胳肢我，我就跟你恼，骂你八辈儿祖宗。"见杨成方收了架势，她又说："你顶多只能摸摸我的手。摸不摸？你不摸拉倒！"杨成方摸住了她的手，她仍是很不情愿的样子，说杨成方的手瘦得跟鸡爪子一样，上面都是小刺儿，拉人。她又躺下了，要杨成方也睡好，说："咱们好好说会儿话吧。"杨成方大概只想行动，对说话不感兴趣，他问："说啥呢？"宋家银要他说说工厂里的事情，比如说干活累不累？一个月能拿多少钱？厂里有没有女工人等。杨成方一一做了回答，干活不怎么累；一个月挣二十一块钱；厂里没有女工，只有一个女人，是在伙房里做饭的。宋家银认为一个月能挣二十一块钱很不少。下面就接触到了实质性的问题，问杨成方以前挣的钱是不是都是交给他爹。杨成方说是的。"那今后呢？今后挣了钱交给谁？""你让我交给谁，我就交给谁。""我让交给谁？我不说，我让你自己说。说吧，应该交给谁？"杨成方吭哧了一会儿，才说："交给你。"尽管杨成方回答得不够及时，不够痛快，可答案还算正确。为了给杨成方以鼓励，她把杨成方的头抱了一下，给了杨成方一个许诺，说等她到娘家回门后回来，一定好好地跟杨成方好。

宋家银回门去了三天，回来后还是并拢着双腿，不好好地放杨成方进去。她准备好了，准备着杨成方对她的身体提出质疑。床上铺的是一条名叫太平洋的新单子，单子的底色是浅粉，上面还有一些大红的花朵。就算她的身体见了红，跟单子上的红靠了色，红也不会很明显。她的身体不见红呢，有身子下面的红花托着，跟见了红也差不多。要是杨成方不细心观察，也许就蒙过去了。她是按杨成方细心观察准备的。不管如何，她会把过去的事瞒得结结实实，决不会承认破过身子。反正那个破过她身子的人已跑到天边的新疆去了，她就当那个人已经死了，过去的事就是死无对证。她是进攻的姿态，随时准备掌握主动。她不等杨成方跟她翻脸，要翻脸，她必须抢先翻在杨成方前头。杨成方要是稍稍对她提出一点疑问，稍稍露出一点跟她翻脸的苗头，她马上就会生气，骂杨成方不要脸，是往她身上泼屎盆子，诬蔑她的清白。她甚至还会哭，哭得伤心伤肺，比黄花儿还黄花儿，比处女还处女。这一闹，她估计杨成方该服软了，不敢再追究她的过去了。她还不能罢休，要装作收拾衣物，回娘家去，借此再要挟杨成方一下，要杨成方记住，在这个事情上，以后不许杨成方再说半个不字。

要说充分，宋家银准备得够充分了。然而她白准备了，她准备的每一个步骤都没派上用场。杨成方显然是没有经验，他慌里慌张，不把宋家银夹着的两腿分开，就在腿缝子上弄开了。宋家银吸着牙，好像有些受疼不过。结果，杨成方还没摸着门道，还没入门，就射飞了。完事后，杨成方没有爬起来，没有点灯，更没有在床单上检查是否见了红。宋家银想，也许杨成方不懂这个，这个傻蛋。停了一会儿，杨成方探探摸摸，又骑到宋家银身上去了。这一回，宋家银很有节制地开了一点门户，放杨成方进去了。她也很需要让杨成方进去。

第二天早上，宋家银自己把床单检查了一下，一朵花的花心那里脏了一大块，跟涂了一层糨糊差不多。她把脏单子撤下来了。娘家陪送给她的也有一床花单子，她把桐木箱子打开，把新单子拿出来，换上了。这样不行，晚上再睡，不能直接睡在新单子上，要在新单子上垫点别的东西才行。好好的单子，不能这样糟蹋。杨成方出去了，不知到哪里春风得意去了。外面的柳树正发芽，杏树正开花，有些湿意的春风吹在人脸上一荡一荡的。小孩子照例折下柳枝，拧下柳枝绿色的皮筒，做成柳笛吹起来。柳笛粗细不一，长短不一，吹出的声音也各不相同。燕子也飞回来了，它们一回来就是一对。一只燕子落在一棵椿树的枝头，翅膀一张一张的，大概是只母燕子。那只公燕子呢，在母燕子上方不即不离地飞着，还叫着。好比它们这时候是新婚燕尔，等它们在这里过了春天夏天到秋天，就过成一大家子了。宋家银心里有些庆幸。杨成方没发现什么，没计较什么，过去的那一章就算翻过去了。她把撤下来的被单再一洗，过去的一切更是一水为净，了无痕迹。

不过呢，可能因为宋家银把情况估计得比较严重，准备得也太充分了，什么事情都没发生，她觉得有些闪得慌。她把对手估计得过高，原来杨成方根本不是她的对手。看来杨成方的心是简单的心，这个男人太老实了。宋家银从反面得出自己的看法：杨成方对她不挑眼，表明杨成方对她并不是很重视，待她有些粗枝大叶。像杨成方这样的老实头子男人，能够娶上老婆，有个老婆陪他睡觉，使他的脏东西有地方出，然后再给他生两个孩子，他的一辈子就满足了，满足死了。他才不管什么新不新，旧不旧，也不讲什么感情不感情。吃细米白面是个饱，吃红薯谷糠也是个饱，他只要能吃饱，细粮粗粮对他都无所谓。宋家银认为自己怎么说也是细粮，把细粮嫁给一个不会细细品味的人，是不是有点瞎搭给杨成方了。渐渐地，宋家银心中有些不平。她问杨成方："你回来结婚，跟厂里请假了吗？"杨成方说："请了。""请了多长时间的假？""一个月。"宋家银说："结个婚用不了那么长时间，还是工作要紧。"杨成方没有说话。又过了一天，宋家银问杨成方，厂里怎样开工资，是不是每天都记工。杨成方说是的。"那，你请假回来，人家还给你记工吗？""不记了。""工资呢？扣工资吗？""扣。"宋家银一听说扣工资就有些着急，脸也红了，说："工人以工为主，请假扣工资，你在家里待这么长时间干什么！"杨成方说："别人结婚，都是请一个月的假。人一辈子就结这一次婚，在家里待一个月不算长。"杨成方不嫌时间长，宋家银嫌时间长，她说杨成方没出息，要是杨成方不去上班，她就回娘家去。说着，她站起来就去收拾她包衣物的小包袱。妥协的只能是杨成方，杨成方说好好好，我去上班还不行吗！

二

　　杨成方的处境不如燕子，燕子一结婚，就你亲我昵，日日夜夜相守在一起。杨成方结婚还不到半个月，就被老婆撵走了，撵到县城的工地去了。

　　宋家银这样做，是出于一种虚荣。娘家人都知道她嫁的是一个工人，她得赶紧做出证实，证实丈夫的确是个工人。有人问她你女婿呢，她说杨成方上班去了，杨成方的工作很忙。有人建议她也到县城看看，开开眼。这时她愿意把杨成方抬得很高，把自己压得很低，说杨成方没发话让她去，她也不敢去，她啥都不懂，到城里，到厂里，还不够让别人看笑话呢！嫂子跟她开玩笑，说成方把新娘子一个人丢在家里，这样急着往城里跑，别是城里有人拴着他的腿吧。宋家银说她不管，别的女人把杨成方的腿拴断她都不管，只要杨成方有本事，想搞几个搞几个。这样的对话，对宋家银的工人家属身份是一个宣传，让宋家银觉得很有面子。要是杨成方在她面前转来转去，她就会觉得没面子，或者说很丢面子。想想看，杨成方长得那样不足观，嘴又那么笨，简直就是一摊扶不起来、端不出去的泥巴。她呢，虽说不敢自比鲜花，跟鲜花也差不多。把她和杨成方放在一起，就是鲜花插在泥巴上，就是泥巴糊在鲜花上。因了这样的反差，她有些瞧不起杨成方，对杨成方有点烦。眼不见，心不烦。这也是她急着把杨成方撵走的原因之一。更重要的原因，她要让杨成方抓紧时间给她挣钱。工人和农民的区别是什么？农民挣工分，工人挣工钱。农民挣的工分，值不了三文二文，只能分点有限的口粮。工人挣的是现钱。现钱是国家印的，是带彩的，上面有花儿有穗儿，有门楼子，还有人。这样的钱到哪儿都能用，啥东西都能买。能买粮食能买菜，能买油条能买肉，还能买手表洋车缝纫机。宋家银一直渴望过有钱的日子。有一个捡钱的梦，她不知重复做过多少遍了。

在梦里，她先是捡到一两个钱，后来钱越捡越多，把她欣喜得不得了。她把钱紧紧地攥在手里，一再对自己说，这一回可不是梦，这是真的。可醒来还是个梦，两只手里还是空的。她结婚，爹娘没有给她钱。按规矩，爹娘要在陪送给她的桐木箱子里放一些压箱子的钱，可爹娘没有放。他们不知从哪里找出四枚生了绿锈的旧铜钱，给她放进箱子的四个角里了。四个角里都放了钱，代表着满箱子都是钱，角角落落里都有钱。这不过是哄人的把戏，如给死人烧纸糊的摇钱树差不多。宋家银是一个大活人，她不是好哄的。她想把早就过了时带窟窿眼的铜钱掏出来扔掉，想想，临走时怕爹娘生气，就算了。作了新娘子的她，身上满打满算只有七毛五分钱，连一块钱都不到。她把这点钱卷成一卷儿，装进贴身的口袋里，暂时还舍不得花。杨成方临去上班，她以为杨成方会给她留点钱。杨成方没留，她也没开口要。毕竟是刚结婚，她还张不开要钱的口。

　　杨成方不在家，宋家银过的是一口人的日子。一口人好办，只要有口吃的，饿不死就行了。日子真的一天天过下来，宋家银才体会到，弄口吃的也不容易。她把家里的东西都清点过了。婆婆分给她一口铁锅，两只瓦碗，还有四根发黑的、比不齐的筷子。粮食方面，婆婆只分给她两筐红薯片子和一瓢黄豆。婆婆把红薯片子倒在地上。把筐拿走了。婆婆把黄豆倒在一片废报纸上，把瓢也拿走了。食用的香油，婆婆一滴都没分给她。点灯用的煤油，也就是灯瓶子里那小半瓶，眼看也快用完了。盐呢，婆婆也许只抓过去两把三把，现在一点都没有了。过日子不能老是淡味儿，得有点咸味儿。短时间淡着还可以，时间长了不见咸味儿就不算过日子，日子就没味儿，人就没有劲。宋家银以看望婆婆的名义，到婆婆家里去了，她打算先解决一下盐的问题。婆婆家在村子底部的老宅上，去婆婆家她需要走过一条村街。她是新娘子的面貌，水梳头，粉搽脸，头发又光又鲜，脸又大又白。她穿的衣服都是新的，天蓝的布衫镶着月白的边。她浑身都是新娘子那特有的香气。

婆婆见宋家银登门，只高兴了一下，马上就警觉起来。婆婆欢迎人的时候，习惯用一个字的惊叹词，这个惊叹词叫咦。婆婆往往把咦拖得很长，似乎以拖腔的长度表示对来人的欢迎程度，咦得越长，对来人越欢迎。婆婆对宋家银咦得不算短，把宋家银亲切地称为他二嫂。宋家银不习惯这种夸张性的惊叹，她很快就把咦字后面的尾巴斩断了，把虚数去掉了。婆婆还不到五十岁，看去满脸褶子，已经很显老，像是一个老太婆。不过婆婆的眼睛一点也不呆滞，转得还很活泛。婆婆是有点烂眼角，眼角烂得红红的。这不但不影响婆婆眼睛的明亮程度，还给人一种火眼金睛的感觉。嫁到杨家来，宋家银这是第一次与婆婆正面接触，仅从婆婆眼角的余光看，她就预感到自己遇到对手了。像婆婆这种岁数的人，灾荒年不知经过了多少个，是手将着刺条子过来的，一根柴禾棒从她手里过，她都能从柴禾棒里榨出油来，若想从婆婆这里弄走点东西，恐怕不那么容易。宋家银一上来没敢提要盐的话，有新媳妇的身份阻碍着，她还得绕一会儿弯子。婆婆家两间堂屋，两间灶屋。堂屋是北屋，灶屋是西屋。宋家银和婆婆在灶屋里说话，一边说话，一边就把婆婆放在灶台上的盐罐子看到了。盐罐子是黑陶的，看去潮乎乎的，仿佛早被咸盐腌透了。婆婆没有过多地跟她绕弯子，刚说了几句话就切入了正题。婆婆说她来得正好儿，婆婆正要去找她呢。为给他们盖那三间屋子，家里借人家不少钱，塌下不少窟窿，那些窟窿大张着眼，正等着他们家去捂呢！这还不算，老三虽说在部队当兵，也得说亲，也得盖屋子。这屋子家里无论如何是盖不起了，就是扒了她的皮，砸了她的骨头也盖不起了，你说愁死人不愁死人。婆婆让他二嫂跟成方说说，挣下的工资攒着点，先还还盖屋子欠下的账。宋家银意识到，她和婆婆的较量已经开始了，谁输谁赢还要走着瞧。看来，她当初坚持把杨成方从他们家里拉出来，这一步真是走对了，否则，她一进杨家门就得背上沉重的债务，就会压得她半辈子喘不过气来。现在呢，她和杨成方拍拍屁股从家里出来了，反正她没借人家的钱，家里爱欠多少欠多少，谁借谁还，不关她的事。婆婆说让杨成方还钱，她也不生气。既然是较量，就得讲究点策略，就得笑着来。她对婆婆说："有啥话你跟成方说吧。你儿子那么孝顺，他还不是听你的，你让他向东，他不敢向西。"婆婆承认儿子孝顺是不假，好闺女不胜好女婿，好儿子不胜好媳妇呀。婆婆说这个话，乍一听是给儿媳妇戴高帽，再品却是把责任推给儿媳妇了，她以后从儿子手里剥不出钱来，定是儿媳妇从中作梗。宋家银赶紧把高帽子奉还给婆婆了，说："山高遮不住太阳，你儿子虽说结了婚，家还是你儿子当着。你可不知道，你儿子厉害着呢，你儿子一瞪眼，吓得我一哆嗦。这不，你儿子让我跟你要只鸡，说鸡下了蛋好换点火柴换点盐，我不敢不来。"婆婆一听就慌了，眼往院子里瞅着，说："那可不行，家里一共一只老母鸡，还是你嫂子买的。你要是把鸡抱走，你嫂子不杀杀吃了我才怪！"宋家银做出让步，说那就先不抱鸡了，让婆婆先借给她一点盐吧，她已经吃了两天淡饭了。和下蛋的母鸡比起来，盐当然是小头，婆婆没有拒绝借给她。婆婆站起来了，说："我给你抓。"宋家银抢在婆婆前头，说我自己来吧。她从裤口袋里掏出一个手绢，铺在灶台上，端起盐罐子就往下倒。盐罐里的盐也不多了，她把盐罐子的小口倾得几乎直上直下，才把盐粒子倒出来。婆婆跟过去，心疼得像盐杀的一样，要宋家银少倒点儿，少倒点儿，宋家银还是倒了一多半出来。宋家银说："娘，你不用心疼，等成方发了工资，买回盐来，我还你。借你一钱，还你二钱，行了吧！"婆婆不知不觉又使用了那个咦字惊叹词，她叹得又长又无可奈何，好像还带了一点颤音。这次肯定不是欢迎的意思了。宋家银有些窃喜，她抱母鸡是假，包盐是真。直说包盐，她不一定能包到盐。拿抱母鸡的话吓婆婆一家伙，把婆婆吓得愣怔着，包盐的事就成了。和婆婆的第一次较量，她觉得自己取得了一个小小的胜利。

杨成方上班去了三天，就回来了。宋家银回门去了三天，他去县城上班也是三天，时间是对等的，好像他也回了一次门。他是带着馋样子回来的。如同吃某样东西，他尝到了甜头，吃馋了嘴，回来要把那样东西重新尝一尝，解解馋。又如同，他知道了那样东西味道好，好得不得了，可让他凭空想，不再次实践，怎么也想不全那样好东西的好味道。他不光嘴馋，好像眼也馋，鼻子也馋，全身都馋。亏得杨成方不是一条狗，没长尾巴，要是他长着尾巴的话，见着宋家银，他的尾巴不知会摇成什么样呢。杨成方是天黑之后才到家的，大概他计算好了，进家就可以和老婆上床睡觉。

在杨成方没进家之前，宋家银已顶上了门，准备睡觉。晚上她没有生火做饭，能省一顿是一顿。她也没有点灯，屋里黑灯瞎火。杨成方上班走后，她一次都没点过灯。原来灯瓶子里面的煤油是多少，这会儿还是多少。照这样下去，半年三个月，瓶子里的煤油也用不完。她不是不需要光明，她借用的是自然之光。天刚蒙蒙亮，她就起床了，该干什么干什么。天黑下来了，看不见干活了，她就上床睡觉。她是典型的日出而作，日落而息。她认为睡觉不用点灯，不点灯也睡不到床底下。做那事更不用点灯，老地方，好摸，一摸就摸准了。听见有人敲门，宋家银没想到杨成方会这么快回来，心里小小地吃了一惊。她闪上来的念头是，可能有人在打她的主意，看她是个新崭崭的新娘子，趁杨成方不在家，就来想她的好事。她迅速在脑子里过了一遍，嫁到这个村时间不长，认识的男人还不多，哪个男人这样大胆呢！她把胆子壮了壮，问是谁。杨成方说："我。"宋家银听出了是谁，却继续问："你是谁？我不认识你！我男人没在家，有啥事你明天白天再来吧！"
杨成方报上他的名字，宋家银才把门打开了。宋家银
说："我还以为是哪个不要脸的肉头呢，原来是你个肉
头呀，你怎么这么快就回来了，吓死我吧！"肉头的说
法，让杨成方感到一种狎昵式的亲切，他满脸都笑了。
他同时觉得，老婆一个人在家，把门户看得很紧，对他
是忠诚的。回预制厂后，那些工友知道他结婚不到一个
月就回厂上班，一再跟他开玩笑，说结婚头一个月，天
天都要在老婆身上打记号，记号打够一个月，才算打牢
了。打不够一个月，中途就退出来，是危险的，说不定
就被别人打上记号了。从老婆今天的表现情况来看，别
人给她打记号的可能性不大。杨成方倘是一个会养老婆
的人，会讨老婆欢心的人，这时他应当表扬一下宋家
银，跟宋家银开开玩笑，说一些亲热的话，并顺势把宋
家银抱住，放倒到床上去。可惜杨成方不会这些。宋家
银问他怎么回来这么快，他甚至没有说出是因为想宋家

银了，他说出来的是："我回来看看。"他又补充了一句，他是下班后才回来的。他的回答不能让宋家银满意，宋家银说："有啥可看的，不看就不是你老婆了，你老婆就跟人家跑了。我还不知道你，就想着干那事，恨不得一口吃成个胖子。我看你只会越吃越瘦，柴得跟狗一样。"杨成方嘿嘿笑着，说宋家银说他是啥，他就是啥，他不跟宋家银抬杠。杨成方对宋家银还是有奉献的，他从随身带的一个提兜里掏出一块馒头大的东西，递给宋家银，让宋家银吃。宋家银以为是一只白馒头，打开纸包一闻，是肉味。杨成方说，县城有一条回民街，那里的咸牛肉特别好吃，特别有名，腌得特别透，里外都是红的。他特地买了一块儿，给宋家银尝尝。宋家银顿时满口生津。男人这还差不多，嘴头子虽说上不去，心里还知道想着她。老实男人并不是一无是处。但宋家银的嘴还是不饶人，说："谁让你花钱买肉的，这样贵的东西能是咱们吃得起的吗！"她很想吃，也忍着口水不吃，摸黑打开自己的箱子，把牛肉重新包好，锁进箱子里去了。

二人上床做完好事，宋家银马上就跟杨成方玩心眼子。她觉得玩心眼子也很有趣，比做那种事还有意思一些。那种事直通通的，是个人就会做。心眼子五花六调，七弯八拐，不是每个人都能玩的。她对杨成方说："千万别让咱娘知道你回来，千万别让那老婆子看见你。要账的把你们家的地坐成井，那老婆子急得上下跳，正等着跟你要钱呢！"杨成方一听就当真了，问那怎么办？是不是他明天藏在屋里不出去。"你明天不去上班了？"宋家银在心里给杨成方画好了圈，想让他明天一早天不亮就往县城赶，就去上班，去挣钱。她不明说。杨成方给她买了那么一块瓷登登的咸牛肉，她不能马上就把人家撵走。她只启发杨成方，让杨成方自己说。杨成方果然走进宋家银为他设定的圈子里去了，他说："要不然，我明天趁天不亮就走吧。"宋家银说："这是你自己说的，我可没撺你走。谁不知道你工作积极。"

三

宋家银把杨成方买的咸牛肉尝了一点点，确实很好吃。她那么利的牙，那么好的胃口，若任着她的意儿，她一会儿就把馒头大的咸牛肉吃完了。不过她才舍不得吃呢。她有一个观点，不知什么时候养成的。她认为吃东西不当什么事，再好的东西，也就是从嘴里过一下，再从肠子里过一下，就过去了。有买吃的东西的钱，不如买点穿的，买点用的。买点穿的穿上身，别人都看得见。买点灶具、农具什么的，也能用得长久一些。她还主张，要是得了好吃的东西，自己吃了不如给别人吃，自己吃了什么都落不下，给别人吃了，别人还会说你个好，记你个情。

她把香气四溢的咸牛肉锁进箱子里，被老鼠闻见

北方少女系列之一（美人蕉）／ 2002年 ／ 180cm×93cm

北方少女系列之三（向日葵）／ 2002年 ／ 180cm×93cm

了，半夜里，老鼠把她的箱子啃得咯嘣咯嘣的。听声音，围在箱子那里的不是一只老鼠，而是许多只老鼠，还没吃到肉，它们已互相打起来了，打得吱吱乱叫。老鼠不是人，她不会让老鼠吃到肉。老鼠那贼东西，你把肉让它们吃完，它们也不会说你一个好。还有她的箱子，箱子是桐木做的，经不住老鼠持久地啃。她决不允许老鼠把她唯一的一口箱子啃坏。老鼠啃响第一声，她就觉得跟啃她的心头肉一样。她翻身坐起，大声叱责老鼠，骂了老鼠许多刻薄的难听话。她的箱子放在脚头，本来没有头冲着箱子睡。为了保护箱子和牛肉，她把枕头搬到箱子那头去了。她不敢再睡沉，稍有动静，她就用手拍箱盖子，吓唬老鼠。她和老鼠斗争了一夜，一夜都没睡踏实。既然这样，她把牛肉吃掉算了吧，不，她带上牛肉，到娘家走亲戚去了。

到了娘家，她对娘说，这是杨成方专门给她爹她娘买的牛肉，是孝敬二老的。这牛肉好吃的很，也贵得很。中午做面条，娘切了几片牛肉放进汤面条的锅里，果然满锅的面条都是肉香味。爹娘吃了宋家银送上的牛肉，宋家银瞄准的交换对象是娘家的鸡。娘家喂有两只母鸡，她打算要走一只。跟婆婆要鸡要不来，她只好跟娘家要。下午临走时，她把要鸡的事提出来了。她没说要鸡是为了让鸡给她下蛋，只说杨成方上班去了，家里连个别的活物都没有，转来转去只有她一个人，怪空得慌。娘说："你这闺女，都出门子了，还回来刮磨你娘。你女婿挣着工资，你不会让他给你买两只鸡吗！"宋家银说："买的鸡跟我不熟，咱家的老母鸡跟我熟，我喜欢咱家的鸡。"说着，她已经把一只老母鸡捉住，抱在怀里了。她把老母鸡的脸往自己脸上贴了贴，仿佛在说："你看，这只鸡跟我不错吧。"

宋家银每次去娘家，返回时都不空手，大到拿一把锄头，小到要一根针头。有时实在没什么可拿了，看到灶屋里有葱，她也会顺便拿上几棵。她拿什么都有理由。比如拿锄头，她说这把锄她用习惯了，用着顺手。比如拿针头，她走娘家还拿着针线活儿，一边跟娘说话，一边纳鞋底子。针鼻子叉了，她要娘给她找一根大针换上，接着纳。宋家银怎么办呢？她和杨成方只有三间空壳屋子，她要一点一点把空壳充填起来，填得五脏俱全，像个居家过日子的样子。宋家银小时候就听人说过，一个闺女半个贼。这个意思是说，当闺女的出嫁后，没有不从娘家刮磨东西的，养闺女没有不赔钱的。既然当闺女的贼名早就坐定了，她不当贼也是白不当。也许爹娘也愿意让她当当贼，仿佛当贼也是当出门子闺女的道理之一。渐渐地，宋家银屋里的东西就多起来了。有了鸡，就有了蛋。有了蛋，离再有小鸡就不远了。

她不把自己混同于普通农民家庭中的农妇，她给自己的定位是工人家属。在家庭建设上，她定的是工人家属的标准，一切在悄悄地向工人家属看齐。她调查过了，这个村除了她家是工人家庭，另外还有一家有人在外面当工人。那家的工人是煤矿工人，当工人当得也比较早，是老牌子的工人。因此，那家积累的东西多一些，家底厚实一些。那家的家庭成分是地主，儿子当工人是在大西南四川的山窝里。据说当时动员村里青年人当工人时是一九五八年，那时村里人嚷嚷着共产主义已经实现了，都想在家里过共产主义生活，不想跑得离家那么远。于是，村里就把一个当工人的指标，惩罚性地指定给一个地主家的儿子了。不想那小子捡了个便宜，自己吃得饱穿得暖不说，还时常给家里寄钱。每年一度的探亲假，那小子提着大号的帆布提包回家探亲，更是让全村的人眼气得不行。村里的男人都去他家吸洋烟，小孩儿都去他家吃糖块儿。他回家一趟，村里人简直跟过节一样。那小子呢，身穿蓝色的工装，手脖子上带着明晃晃的手表，对谁都表示欢迎，一副工人阶级即领导阶级的模样。因为他有了钱，村里人似乎把阶级斗争的观念淡薄了，忘记了他家的家庭成分。也是因为有了钱，他找对象并不难。他娶的是贫农家的闺女，名字叫高兰英。宋家银见过高兰英了，高兰英长得不赖，鼻子高，奶子高，个头儿也不低。高兰英虽说是给地主家的儿子当老婆，因物质条件在那儿明摆着，村里的妇女都不敢小瞧她。相反，她们不知不觉就把高兰英多瞧一眼，高瞧一眼。高兰英一年四季都往脸上搽雪花膏。村里的大闺女小媳妇都搽不起，只有高兰英搽得起。就是那种玉白的小瓶子，里面盛着雪白的香膏子。高兰英洗过脸，用小拇指把香膏子挖出一点，在手心里化匀，先在额上和两个脸蛋子上轻轻沾沾，然后用两个手掌在脸上搓，她一搓，脸就红了，就白了。有的女人说，别看高兰英的脸搽得那么白，他男人在煤窑底下挖煤，脸成天价不知黑成什么样呢！高兰英脸白，还不是她男人用黑脸给她换的。这话宋家银爱听，愿意有人给高兰英脸上抹点黑。不过，这不影响宋家银也买了一瓶雪花膏，也把脸往白了整，往香了整。她挖雪花膏时，也是用小拇指，把小拇指单独伸出来，弯成很艺术的样子，往瓶子里那么浅浅地一挖。她不主张往脸上涂那么多雪花膏，挖雪花膏挖得比较少，有点"雪花"就行了，稍微香香的，有那个意思就行了。

她暗暗地向高兰英学习，却又在高兰英面前傲傲的，生怕高兰英不认同她，看不起她。她心里清楚，高兰英的男人是国家正式工人，是长期工。杨成方不过是个临时工。所谓临时工，就是不长远，今天是工人，明天就不一定是工人。从收入上看，听说高兰英的男人一月能开八十多块钱工资。而杨成方上满班，才开二十一块钱。两个人的工作和收入不可同日而语。宋家银不愿和高兰英多接触，多说话，是担心懂行的高兰英指出杨成方临时工的工作性质。还好，据宋家银观察，高兰英没有流露出一点看不起她的迹象。有一天，宋家银和高兰英走碰面，是高兰英先跟宋家银说话。高兰英还没说上几句话，就开始叹气。高兰英说："人家只看咱们有几个钱儿，不知道咱们当工人家属的苦处，干重活儿没个帮手不说，晚上连个说话的人都没有。"高兰英的说法，让宋家银顿时有些感动，她说谁说不是呢，一连附和了高兰英好几句，好像她们一下子就成了知己，成了同一个战壕里的亲密战友。这样，两位工人家属的联系就建立起来了。下雨天气，高兰英去宋家银家串门子，宋家银也到高兰英家进行回访。宋家银每次到高兰英家都很留心，看看高兰英家有什么特别的东西，高兰英家有的，她争取也要有。比如说她注意到高兰英穿了一双花尼龙袜子。这种袜子不像当地用棉线织的线袜子，线袜子穿不了几天底子就破了，还得另外缝上一个硬袜底子。尼龙袜子不仅有花有叶，有红有绿，式样好看，还结实得很，穿到底，底子不待破的。那么，宋家银对杨成方作出指示，让杨成方给她在县城的百货大楼也买一双尼龙袜子。

　　宋家银对杨成方的限制越来越多，小绳子越勒越紧。杨成方回家的次数，由一星期一次延长到十天一次。宋家银怀孕后，一个月她只许杨成方回家一次。这个回家的日期不能再延长了，因为杨成方一月发一次工资。宋家银要求，杨成方一发了工资，必须立即回家。杨成方回家的日期，换一个说法也可以，就是杨成方什么时候发工资，就什么时候回家。这样，杨成方回家的内容就发生了变化，宋家银让他回家，主要不是为夫妻相聚，不是为了亲热，首先是让杨成方向她交钱。杨成方回家交钱时，只能走直线，不许拐弯，走直线，是一直走回家里去。不许拐弯，是不许拐到杨成方的爹娘那里去。杨成方一进家，她所做的第一件事就是让杨成方解裤带。解裤带不是那个意思，而是她在杨成方的裤衩内侧缝了一个小口袋，杨成方往家里拿工资时，都是装进那个小口袋里。杨成方自己不解裤带，他给宋家银拿回了钱，是有功的人。有功的人都会拿拿糖。他抬起两只胳膊，让宋家银给他解。在这个往外掏钱的问题上，宋家银不跟杨成方较劲，愿意俯就一下。宋家银蹲下身子，动手解杨成方的裤带时，杨成方故意把肚子使劲鼓着，鼓得跟气蛤蟆一样，使裤带绷得很紧，不让宋家银把他的裤带顺利解下来。宋家银知道杨成方的想头，她也有办法，遂在杨成方的裤裆前面捞摸了一把。她一捞摸，杨成方喜得把腰一弯，肚子马上吸了下去，宋家银就把杨成方的裤带解开了。宋家银把钱掏出来数了数，就把钱收起来了。她问杨成方，别的地方放的还有没有钱。杨成方让她摸。她当真在杨成方身上摸，上上下下，口口袋袋，里里外外都摸遍。她一般在杨成方身上别的地方摸不到钱。只有个别时候，能摸到一两个小钱儿，也就是钢镚子。摸到钢镚子，她也收走。杨成方上班走时，她再给杨成方发伙食费。杨成方的伙食费一个月是七块钱，这是杨成方自己定的。杨成方说，他只吃厂里食堂的馒头和稀饭，不吃食堂的炒菜和熬菜，有时顶多吃点咸菜。再吃不饱，他就到街上买点便宜红薯，趁食堂的火蒸着吃。宋家银认为杨成方做得很对，知道顾家。酒，杨成方一滴不沾。更难能可贵的是，杨成方还不吸烟，他从来都不吸烟，一颗烟都不吸。回到家来，他口袋里要装一盒烟，那是工人的做派，烟是给别人预备的。见了叔叔大爷，自己不吸烟的杨成方往往忘了掏烟，宋家银就得赶紧提醒他，说，烟，烟。杨成方这才赶紧把烟掏出来了。烟关系到宋家银的面子，她不能失了这个面子。

后来，杨成方每月的伙食费减少到五块。宋家银找到了别的省钱的办法。杨成方每次回家，她都给杨成方蒸一两锅黑红薯片子面馒头，让杨成方背到厂里去吃。她说，白面馒头太暄乎，不挡饿。红薯片子面馒头瓷实，咬一小口，能嚼出一大口。另外，她还给杨成方腌制了咸菜，用瓶子装好，让杨成方带到厂里去吃。这样，杨成方连厂里一两分钱一份的咸菜也不用花钱买了。杨成方对宋家银的想法配合得很好，宋家银说什么，他愿意顺着宋家银的思路走。宋家银说白面馒头不挡饿，他想想，真的，咬下一大口白面馒头，一嚼就小成一点点了。或许杨成方天生就是一个节俭的人，宋家银让他带到厂里的黑红薯片子面馒头，放得上面都长白毛了，他吃。硬得裂开了，他还吃。他连厂里食堂的稀饭也很少喝了，馏馒头的大锅里有发黄的锅底水，他舀来一碗，就喝下去了。就这样，一个月仅仅五块钱的伙食费，他还能省下一块。

四

宋家银在家庭建设上坚持高标准，暗暗地向高兰英家看齐，并不是亦步亦趋，一味模仿。在某些方面，她要超过高兰英家，高兰英家没有的，她先要拥有。一年多后，她人托人，买回一辆自行车。高兰英家有缝纫机，没有自行车。她没有先买缝纫机，而是买了自行车。缝纫机没有能打气的辘轳，只能在家里用，不能推到外面去，别人看不见。自行车的两个辘轳当腿，就是在外面跑的，她把自行车一买回来，在村口一推，全村的人立马就知道了。自行车是男式二八，还是加重型的。宋家银把自行车推回家时，车杠上的包装纸还没撕掉。她不让撕，以证明她的自行车是崭新的，是原装货。其实新自行车的漂亮是包不住的，因为自行车毕竟是大城市出产的，毕竟是从城里来的，好比从城里来的一个女人，不管她穿着什么，戴着什么，都遮不住她那通体的光彩。在宋家银拥有这辆自行车之前，这个村的历史上，从没有哪一家拥有过自行车。别说新自行车了，连旧自行车都没有。可以说宋家银的购车行动是开创性的，她的自行车填补了这个村历史上的一项空白。村里的一些人免不了到宋家银家去看新鲜。人们对锃明瓦亮的自行车发出啧啧赞叹，这正是宋家银所需要的，或者说她预想的就是这种效果。不过她不喜欢别人动手摸她的自行车。有人打打前面的铃,有人摸摸后面的灯。人一摸到自行车,她就觉得像摸自己的皮一样,心疼得直起鸡皮疙瘩。她实在忍不住了,宣布说:"兴瞧不兴摸哈,新自行车跟新媳妇一样,摸多了它光害羞。"

打扮起自行车来,宋家银要比打扮一个新嫁娘精心得多。她的想象力有限,但为把自行车打扮得花枝招展,她把所有的想象力都发挥出来了。她把自行车的横杠和斜杠上都包上了红色的平绒,等于给自行车穿上了红绒衣。她把车把上密密地缠上了绿线绳,等于给自行车扎上了绿头绳。她给自行车做了一个座套,座套周围垂着金黄的流苏。流苏像嫩花的花蕊一样,是自来颤,在自行车不动的情况,流苏也乱颤一气。把自行车打扮成这样,够可以了吧?没有什么打扮的余地了吧?不不不,更重要更华丽的打扮还在后头呢。在自行车的横杠和下面两个斜杠之间,不是有一块三角形的余地嘛,宋家银把最精彩的文章做在了那里。她跑遍了全村各家各户，从每家讨来一小块不同颜色的花布，把花布剪成同样大小的三角形，拼接在一起，做成一整块布。然后可着那块三角形的余地，用花布做成一个扁平的袋子，用带子固在自行车中间。远远看去，自行车上像是镶嵌着一幅画，画面五彩斑斓，很有点现代画的味道。又像是一个小孩子，肚子上带了一个花兜肚。这个小孩子当是一个娇孩子，娇孩子才穿百家衣。整体来看，总的来说，宋家银以她的审美眼光，把自行车村俗化了。如果说自行车刚进家门时，还像一个城里女子的话，经宋家银如此这般一包装，就成了一个花红柳绿的村妞。

自行车弄成这样，是给人骑的吗？是呀，是给人骑的，宋家银一个人骑。她去走娘家，或者去赶集，才骑上自行车，像骑凤凰一样，小心翼翼地骑走了。她在村里放出话，她的自行车谁都不借，亲娘老子也不借，谁都别张借车的口，张了口也是白张。杨成方的四弟，也就是宋家银的小叔子，叫着宋家银二嫂，要借二嫂的自行车骑一骑。宋家银说："不是我不让你骑车，把你的腿骨摔断了怎么办！"小叔子说摔不断。"你说摔不断，等摔断就晚了。到时候，是我赔你的腿？还是你赔我的车？"小叔子不知趣，还说："我的腿摔断不让你赔，行了吧！"宋家银说不行，她问小叔子一共有几条腿。这样简单的算术当然难不住初中毕业的小叔子，他说他一共两条腿。宋家银说他两条腿少点，等他长出四条腿来，再借给他车不迟。小叔子想了想，说："哼，骂人。你不借给自行车拉倒，干吗骂人？"宋家银说："小鸡巴孩儿，我就是骂你了，你怎么着吧！"小叔子领教了二嫂的厉害，把两条腿中的一条腿朝空气踢了一下，走了。

别说小叔子，宋家银用杨成方的工资买下的自行车，她连杨成方都不让骑。杨成方去县城上班，本可以骑着自行车来回，本可以省下来回坐车的钱，可宋家银不放心，她怕杨成方把自行车放到厂里被人偷走。万一自行车被人偷走了，她不知会心疼成什么样呢。再者，让杨成方把自行车骑走，她就看不见自行车了，村里人也看不见自行车了，她拿什么炫耀呢。在不下雨、不下雪、太阳也不毒的情况下，她愿意把自行车从屋里推出来，在门口晾一晾，如同晾粮食和过冬的衣物一样。自行车是钢铁做成的，不会发霉，不会长虫，不会长芽子，没必要经常晾。她的晾一晾，其意是亮一亮。这才是她的乐趣所在。

宋家银建议杨成方买一块手表。杨成方不同意。对给自己买东西，杨成方敢于拒绝，而且拒绝起来很坚决，他拧着脑袋，说他不要。杨成方在宋家银面前顺从惯了，他这么一打别，宋家银不大适应，她说："你敢说不要！哪有当工人不戴手表的！"杨成方不敢否认他是工人，却坚持说，他看戴不戴手表都一样。宋家银说："当然不一样。啥人啥打扮，你戴着手表，走到街上把袖子一撸，人家就认出你是个工人。你啥都不戴，人家看你啥都不是。你是个工（公）人，人家还当你是个母人呢！"杨成方的口气不那么硬了，说："手表那么贵，有买一块手表的钱，能买不少粮食呢！"宋家银骂他是猪脑筋，就知道粮食粮食，粮食会发光吗，会走吗，能戴在手脖子上吗！人活一张脸，树活一张皮，别给你脸你不要脸！她还说："嫌贵，咱不会买便宜一点的呀！"她打听过了，有一种手表，几十块钱一块。杨成方也听说过那种手表，说那种牌子的手表走得不准。宋家银说："你管它准不准呢，只要是手表就行。"

应该说宋家银的志向和做法和城里人是有些吻合。当时，城里人的家庭建设正流行"三转一响"。所谓"三转"，指的是自行车、手表、缝纫机。"一响"呢，是收音机。"三转"当中，宋家银已经有了"两转"。要不是形势发生了变化，宋家银也会有"三转一响"，并通过转和响，保持住她的工人家属地位。形势刚变化时，宋家银没觉得对她有什么不利。别人家分到土地高兴，她也很高兴。她家承包的是三个人的土地，她一份，儿子一份，杨成方也有一份。土地历来都是好东西啊，多一份土地，就多打一份粮食。因杨成方的户口还在家里，在承包土地的问题上，宋家银承认了杨成方是个临时工。有人提出过疑问，杨成方在县里当工人，分土地还有他的份儿吗？宋家银站出来了，她说："我日他姐，他的户口都没迁走，算个啥鸡巴工人。他一月挣那几个钱儿，还不够猫叼的呢！"她们家三亩多地，分在五下里。宋家银带着儿子，肚子里又怀了孩子。杨成方怕宋家银顾不过来，怕累坏宋家银，提出那个临时工他不干了，回家帮宋家银种地。宋家银是觉得需要一个帮手，但她不同意杨成方辞工，不愿失去工人家属的名份。杨成方的工钱也长了，由一个月二十多块，一下子长到四十多块。宋家银说："我不怕累，累死我活该，我也不让你回来。现在种庄稼都靠化肥催，你不挣钱，咱拿啥买化肥！"

在生产队那会儿，土地好像在耍懒，老也不好好打粮食。把土地一分到各家各户，土地仿佛一下子被人揪住了耳朵，它再也没法耍懒了。又好像土地攒足了劲，一分到个人手里，见那些个人真心待它好，真心伺候它，产粮食产得呼呼的。只两三年工夫，各家的粮食都是大囤满，小囤流，再也不愁吃的了。他们不再吃黑红薯片子面馒头了，红薯也很少吃了，顿顿都是吃白面馒头白面条。他们把暄腾腾的白面馒头说成是一捏两头放屁。他们把碗里的白面条一挑大高，比比谁家的面条更长。有人在碗里吃出一个荷包蛋来，却装作出乎意料似地说："咦，这鸡啥时候又屙我碗里了！"别看宋家银一个人在家种地，她家打的粮食也不少，光小麦都吃不完。杨成方去上班，她不让杨成方带馒头了，也不给杨成方准备咸菜了，她对杨成方说："白面馒头你随便吃，该吃点肉就吃点肉。"

忽一日，杨成方背着铺盖卷回家来了。宋家银一把把他拉进屋里，关上门，问他怎么回事，是不是人家把他开除了。杨成方说不是，是预制厂黄了。宋家银不信，好好的厂子，怎么说黄就黄了呢！杨成方说，用户嫌他们厂打的预制板质量不好，价钱又贵，就不买他们的产品了。成堆的预制板卖不出去，没钱买原材料，工人的工资也发不出来，厂长只好宣布厂子散伙。出现这种情况，是宋家银没有想到的。她有些泄气，还突然感到很累。男人不在家的日子里，她家里地里，风里雨里，一天忙到晚，也没觉得像今天这样累。她想，这难道就是她的命吗？她命里就不该给工人当老婆吗？人家给她介绍第一个对象，因其父亲在新疆当工人，都说那个对象将来也会去新疆当工人。那个对象人很聪明，也会来事。跟她见过一次面后，就敢于趁赶集的时候，在后面跟踪她，送给她手绢。晚间到镇上看电影，那人也能从人堆里找到她，把她约到黑暗的地方，拉她的手，亲她的嘴。她问过那人，将来能不能当工人。那人说，肯定能。"你当了工人，还能对我好吗？""这要看你对我好不好。""我？怎么对你好，我不知道。""你知道。""我真的不知道。"她说的是不知道，心里隐隐约约是知道的，因为那个人搂住她的时候，下面对她有了暗示。为了让他们的关系确定下来，为了让那个人当了工人后还能对她好，她就把自己的身子给了那个人。那个人果然去了新疆，果然当上了工人。那家伙一当上工人，似乎就把她忘了。她千方百计找到那家伙的地址，给那家伙写了一封信，要那家伙兑现他的承诺。那不要良心的东西回信要她等着，说要是能等他十年，就等，若等不了十年，就自便吧。这显然是一个推托之词，明明是狗东西不要她了，还说让她自便，还把责任推给她。有理跟谁讲去，有苦向谁诉去，她只能吃一个哑巴亏。因为当工人的蹬了她，她才决心再找一个工人，才决定嫁给其貌不扬的杨成方。她不担心杨成方会

蹬了她，杨成方没那么多花骨点子，也没那个本事。要
说蹬，只能翻过来，她蹬杨成方还差不多。她以为，只
要她不起外心，当工人家属是稳的了。临时工也是工。
是工就不是农。是工强似农。谁知道呢，杨成方背着铺
盖卷儿回来了。他这一回来，就不再是工人了，又变回
农民了。这个现实，宋家银不大容易接受，她心里一时
还转不过弯儿来。她教给杨成方，不许杨成方说预制厂
已经黄了。要是有人问起来，就说是回来休假，休完了
假再去上班。她问杨成方记住她的话没有。杨成方疑惑
地看看她，没有回答。宋家银拧起眉头，样子有些着
恼，说："你看我干什么，说话呀，你哑巴了？"杨成方
说："我不会说瞎话。"宋家银骂他放狗屁，说："这是
瞎话吗！要不是看你是个工人，我还不嫁给你呢。你当
工人，就得给我当到底，别回来恶心我。我给你生了儿
子，还生了闺女，对得起你了，你还想怎么着！还说你
不会说瞎话，不会说瞎话有什么值得骄傲的，只能说明

你憨，你笨，笨得不透气。人来到世上，哪有不说瞎话的，不会说瞎话，就别在世上混！"杨成方被宋家银吵得像浇了倾盆大雨，他塌下眼皮，几乎捂了耳朵，连说："好好好，别吵了好不好，你说啥就是啥，我听你的还不行吗！"

五

杨成方家的老三，在部队当兵的那一个，当兵当到年头没有复员。所谓复员，就是重新恢复人民公社社员的身份。其时，人民公社不存在了，社员的叫法也无从依附，复员不叫复员了，改成退伍。老三退伍倒是退了，但他没有退回到农村去，没有再当农民。他随着那一批退伍兵，被国家有关部门安排到一处新开发的油田当石油工人去了。老三运气好，他一当就是国家的正式工，长期工，固定工。在高兰英的男人当煤矿工人之后，老三是这个村里第二个正儿八经的工人。老三当兵时，说媒并不好说。好像姑娘们都把当兵的看透了，看到家了，当兵的不过多吃几年军粮，多穿几身黄衣服，到时候还得回到黄土地上，还得从土里刨食。老三这一回不一样了，他从解放军大学校里出来，又走进工人阶级队伍里去了。他去的不是一般的工人阶级队伍，而是有名的石油工人队伍。有两句歌唱得好，石油工人一声吼，地球也要抖三抖。这么说老三也抖起来了。于是给老三说媒的就多了，都想揩点石油工人的油儿。老三挑来挑去，挑到了一个副乡长的闺女，还是一个初中毕业生。老三没有在家里举行婚礼，说是旅行结婚，二人肩并着肩，一块到老三所在的油田去了。

这对宋家银是一个刺激，也是一个不小的打击。她觉得头有些晕，躺到床上睡觉去了。老三也不见得比杨成方强多少，他凭什么就当上正式工人了呢！还有老三的老婆房明燕，她没费一枪一刀，就跑到正式工人的身子底下去了，就得到了工人家属的位置。和房明燕相比，她哪点也不比房明燕差。她身量比房明燕高，眼睛比房明燕大。要说打架，她一个能打房明燕仨。可她的命怎么就不如人家呢！宋家银差不多想哭了。杨成方站在床前，问她哪儿不舒服，是不是生病了，要不要到医院看一看。宋家银正找不到地方撒气，就把气撒在杨成方身上了，她说："滚，你给我滚远点，滚得越远越好！看见你我就来气！"杨成方没有马上就滚，他说："咋着啦，我又没得罪你，我这是关心你。"宋家银说："你就是得罪我了，你们家的人都得罪我了，我不稀罕你的关心。你滚不滚，你不滚，我一头撞死在你跟前！"杨成方只得滚了。

杨成方不敢滚远，在门口一侧靠墙蹲下来。按照宋家银教给他的话，他见人就跟人家解释，他是回来休假，等休完了假，他还要回去上班。解释头两次，人家表示相信，说当工人的都有假日。解释的次数多了，人家似乎就有些怀疑，说他这次休假休得时间不短哪，该去上班了吧。杨成方说该去了，快该去了。这样的解释，对杨成方来说相当费劲，简直有些痛苦。每解释一次，他肚子里就像结下一个疙瘩。他觉得肚子里的疙瘩已经不少了。为避免重复解释，避免肚子里再结疙瘩，他天天躲在家里，很少再到外面去。人躲起来，一般是为了躲债，或是做下了什么丑事，没脸出去见人。杨成方，他一没欠人家什么债，二没有做下什么见不得人的事，他干吗也要躲起来呢？看来人躲起来的理由不是一个两个。宋家银问过杨成方，现在盖楼的人用的是哪儿的楼板。杨成方说不大清，他说听说是郑州出的。宋家银建议杨成方到郑州的预制厂里去，看看那里的厂子愿不愿要他。这个建议把杨成方难住了，他连想都不敢想。当年，他到县里预制厂当临时工，完全是父亲人托人给他跑下来的。父亲给厂长送小磨香油，送芝麻，还拉着架子车，冒着风雪给人家送红薯，厂长才答应让他进厂当临时工。他相了一次亲又一次亲，人家女方跟他一见面，一说话，就通过媒人把他回绝了。眼看他要拉寡汉，父亲急了，为了给他捐一个工人的名义，父亲才钻窟窿打洞千方百计把他弄到预制厂里去了。他到了预制厂马上见效，就把宋家银这个不错的老婆找到了。仿佛宋家银也是个预制件，也是为他预制的，在他没进预制厂之前，宋家银在那里放着，他一当上工人，宋家银就属于他了。他愿意在家里守着宋家银，一结婚他就不想在预制厂干了。可宋家银不干，他要不在预制厂干，恐怕连老婆都留不住。预制厂如今散摊了，杨成方心里是乐意的，他总算有理由回家守着老婆和孩子了。这不怨他，是怨厂里。不料宋家银还是要往外撵他。这事不能再找父亲了。找父亲，父亲也帮不上忙。他对宋家银说，郑州那地方，他一个人都不认识，预制厂怎么会要他。宋家银问他："原来你认识我吗？不是也不认识嘛！现在我怎么就成你老婆了呢！天底下你不认识的人多着呢，一面生，两面熟，你多找人家几回不就认识了。"

　　杨成方还没有走，他的四弟却走了。四弟跟邻村的一个建筑包工队搭帮，到山东济南给人家盖房子去了。四弟临走前，把消息瞒得死死的，宋家银一点都没听说。还是别人问宋家银，说听说老四到城里给人家打工去了，她知道不知道。宋家银却说知道。她回家把消息说给杨成方，问杨成方知道不知道。杨成方说不知道。宋家银顿时就生气了。她认为这是公公和婆婆外着他们两口子，有啥好事故意瞒着他两口子。不然的话，连别人都知道老四外出做工去了，他们怎么连个屁都没闻见呢！她对杨成方说："你是个死人哪？你还是他们家的儿子吗？你去问问你爹，问问那老婆子，老四外出做工，为啥不跟咱说一声，是不是怕咱沾了他的光？"杨成方不想去。宋家银立逼着他去。杨成方的小名叫方，宋家银叫了他的小名，还在小名前面加了一个黑字，把他叫成黑方。在他们那里，老婆一叫男人的小名，就等于揭老底，等于骂人。在小名前面再加上别的字呢，等于骂起来更狠一些。宋家银问黑方去不去，黑方不去她就去。杨成方怕老婆跟爹娘吵架，才去了。外面正下秋雨，雨下得还不小，地上积了一窑儿一窑儿的白水。还有风，风一阵子一阵子的，把树叶刮落在泥地上。杨成方没有打伞，就到雨地里去了。杨成方没有直接到爹娘那里去，他缩着脖，踏着泥巴，向村子外面走去。那里有一个废弃的炕烟房，他到炕烟房里待着去了。他倚在门口一侧的泥墙上，茫然地向野地里看着。地里一层雨，一层风，一片烟，一片雾，他什么都看不清。地里有刚发出来的麦苗，还有一丛一丛的坟包，看去都有些模模糊糊。他隐约记起，他们杨家祖祖辈辈都在这些地里耕种，延续下来的差不多有十辈人了吧。一传十，十传百，他们老杨家在这个村已经有了好几百口子人。人一多，摊到人头上的地亩就少了，一个人才合一亩来地。不管地再少，也有他一份，他应该有在这里种地的权利。可宋家银热衷于让他当工人，热衷于撵他到外面去，一开始就剥夺了他种地的权利，同时也剥夺了他在家的权利。人家娶老婆，都是为了有个家，有个在床上做伴儿的，暖心的。他呢，自打他有了老婆，老婆就不好好的让他在家里待，三天两头往外撵他。别说让老婆暖他的心了，还不够他凉心的呢！听着阵阵雨声，杨成方闭了闭眼，有点想哭。然而，他没有掉下泪来。他觉得眼睛是有点发潮，那是雨滴溅在他的眼睛上了，并不是眼泪起的潮。在哭的问题上，杨成方很生自己的气，或者说有点恨自己。别人哭起来是那么容易，一哭就哇哇的，眼泪流得跟下雨一样。他想哭一哭，不知怎么就那么难。有多少次，他想在宋家银面前痛痛快快哭一场。他要是哭成了，也许宋家银会对他另眼相看，起码不会像现在这样嫌弃他。可不知怎么搞的，他老也哭不成，越努力，越哭不出来。他也有过伤感顿生的时候，好比云彩也厚厚的了，眼看要落下雨来。这时不知从哪里刮来一阵风，一下子就把云彩刮散了。刮散的云彩再聚集起来就难了。他欲哭的感觉也找不到了。他有时在宋家银面前哼哼唧唧，声音有点像哭。但因为声音不是从肺腑里发出来的，是从喉咙眼里发出来，而且没有眼泪的辅佐，他的哭总是不能打动人。甚至他这样的哭比不哭还糟糕，更让宋家银反感。宋家银说他眼里连一滴子蛤蟆尿都挤不出来，装什么洋蒜。这就是杨成方，别人心里有苦，还可以通过哭发泄一下，他心里有说不出的苦处，想哭一下都哭不出来啊！

六

深秋的一天早上，半块月亮还在天上挂着，离天明还得好一会儿，杨成方就踏着如霜的月光和如月光样的白霜上路了。他背的还是在预制厂当临时工时用的铺盖卷儿，提的还是那个用了多少年的破提兜儿。过去他带着这些东西是去县里的预制厂,这一次他不知道是去哪里。他打了一个寒噤,觉得身上有点冷。他相信走走就暖和了。宋家银没有给他做点饭吃,没有送他,躺在床上连起来都没起来。儿子起来对着尿罐子撒尿,见他背着包袱要走,跟他说了一句话。在村里,孩子喊父亲都是喊爹,喊母亲都是喊娘。到了宋家银这里,她坚持让儿子闺女喊杨成方爸爸,喊她妈妈。她听说城里人喊父母都是喊爸爸妈妈,她要和城里人的喊法接轨。也是与村里人的喊法相区别,以显示他们家是工人家庭。儿子问:"爸爸,你去哪儿?"杨成方说,他去上班。他的回答,还是宋家银给他规定的口径,他没有超出这个口径。他把儿子的头摸了摸,嘱咐儿子好好学习。儿子大概还挤着眼,撒出的尿没有对准尿罐子口,撒到地上去了。儿子把尿的方向调整了一下,罐子里才响起来了。宋家银嘟囔着骂了儿子一句,说儿子撒尿都找不准地方。杨成方走到镇上的长途汽车站,见站门口冷冷静

躯 / 1999年 / 180 cm × 360 cm

新房 / 2010年 / 247cm×160cm

静，一个人都没有，还是遍地的月光。停下来后，他在月光中看见了自己的影子。影子是黑的，比他本人要黑。影子长长的，比他本人要高要瘦。他听人说过，每个人的影子就是每个人的魂，在人活着的时候，影子跟人紧紧相随，一步都不落下。人一旦死了，魂就飞了，影子就消失了。再看自己的影子，他的感觉就不一样，像是真的看见了自己的魂。他的魂从脚那里生出来，与他的脚相连，头不相连。在他不动的情况下，他的黑魂一动不动。他把头偏一下，他的魂也把头偏一下。他的头变成魂的状态时，不见鼻子也不见眼，只是贴在地上的一个扁片子，薄得如一层纸灰。他突然又打了一个较大的寒噤。这次不光是冷，他似乎还有些害怕。

杨成方不走不行了。宋家银成天价对他没有好脸子，没有一天不催他走。在夫妻生活上，别说上宋家银的身，他想摸摸宋家银的奶子，宋家银都不让。有一次，他摸了宋家银的屁股一下，宋家银转身就踢了一脚，把他的腿秆子踢得生疼。他疼得有些恼，问宋家银是不是他老婆。宋家银回答得也干脆："不是你老婆！"宋家银这样回答问题，这样否认业已存在多年的婚姻事实，问题是严重的，也是危险的。杨成方觉得有必要把事实重申一下，他说："我看你就是我老婆。"这种重申相当苍白，一点力度都没有。杨成方只能做到这样了。宋家银说："是你们家的人把我骗来的，你们一家子都是骗子。你们家的人说你是工人，原来是个臭临时工。"杨成方说："我没有骗你，我跟你第一次见面时就跟你说了，我是临时工。"宋家银说："没说没说就是没说，骗了骗了就是骗了！"宋家银让他看老三，说人家老三才是真正的工人。

老三家的老婆房明燕，在村子外面要了一块宅基地，并开始买砖，买瓦，买木料，准备盖房。别人家想要一块新的宅基地难得很，不知要到支书和村长家送多少礼，说多少好话。房明燕一分钱的礼都不送，张口就把宅基地要来了。她爹当着副乡长，副乡长在村支书和村长面前是鼻子大压嘴，村里不敢不给房明燕宅基地。草坯房，房明燕根本不考虑。她不盖是不盖，一盖就是瓦房，就是浑砖到顶，一排四间，三间堂屋，一间灶屋。这样好的房子，目前来说，在这个村是头一份。当年宋家银买自行车，在这个村拔了头份。在盖房子的事情上，房明燕走在全村人的前面了。不是说这个村历史上没有过砖瓦房，不是的，在明代和清代中期，这个村还有楼房呢，还有青砖铺地，石狮子把门，和几进几出的大院落呢。只是几经战乱和不绝的匪患，把村子糟蹋得不成样子了。村里人说，当工人和当农民就是不一样，当农民怎么也烧不起来，一当上工人，马上就烧起来了。他们拿房明燕买的砖和瓦当例子，说砖和瓦都是烧起来的。也有人不明白，说老三当工人时间并不长，他哪里来的那么多钱盖房呢？房明燕解释说，老三有一笔退伍军人安置费，老三又跟工友们借了一些钱。人们明白了，当工人就是在有钱人的人堆里，借钱就有地方借。当农民呢，借钱也没地方借。房明燕的动向，宋家银都看在眼里。房明燕是后来者居上，一上来就把她比下去了，就把她超过去了。倘若房明燕是远门子人家的媳妇，她不一定非要和人家比。可房明燕是她的弟媳妇，是她的亲妯娌，她不比也得比。仿佛比是一个鬼，鬼已附了她的体，按了她的头，一再要她比，她要是不比，鬼就不放过她。她家的屋子还是结婚那年盖的草坯房。经年的风雨剥蚀，墙坯已经酥了，一摸就掉渣儿，不摸也掉渣儿。上面的草顶已变得很薄，鸡上去一挠就漏雨。宋家银请人上去补过好多次了，屋顶的前坡后坡都打了不少补丁。原来苫的麦草变黑了，后来新补的麦草是白的，一块黑，一块白，花狗脸一样，难看死了。屋里用泥巴掺碎麦草糊的墙皮早就开始脱落，露出了里面丑陋的泥坯。墙角和床底下，都有老鼠打的窝。从老鼠们运出的大堆小堆的废弃渣土来看，它们定是在地底进行了大面积大规模的建设，说不定有楼，有阁，有广场，也有宫殿。老鼠这么干，等于把他们家屋子下面的地掏空了，基础破坏了，遇上下大雨，村里一进水，这样的屋子就会塌掉。宋家银早就想翻盖房子，把坏座翻成砖座，把草顶翻成瓦顶。她的计划比房明燕的计划早得多。可以说在房明燕还没嫁给老三时，她的翻盖房子的蓝图就在心里画好了。宋家银深知房子的重要。在农村，人们看一个家庭过得如何，主要通过看这个家的住房来衡量。房子代表着人的脸面。房子好了，这家的人不用说话，就有脸面。房子不好呢，你说得天花乱坠，也没脸面。要把房子的蓝图变为现实，一个字，得有钱。宋家银是攒了一点钱，但离翻盖房子的所需还差得远。就算她把家里存的小麦、大豆、芝麻等都卖掉，钱还是差很多。宋家银还能卖什么？自行车她一时还舍不得卖。虽说村里已有了好几辆自行车，自行车不再是什么稀罕之物，她还是舍不得卖。自行车曾带给她不少骄傲，她还得把骄傲继续保持着。拆东墙补西墙的事她不干。还有杨成方的一块手表。按说杨成方的手表可以卖掉，因为杨成方不好好戴，老是把手表放在家里。可惜，杨成方的手表早就不走了。把手表的弦上得很足，手表还是不走。手表不走了，等于手表已经死了。死了的东西谁还愿意要。宋家银说："我日他姐，为了翻盖房子，我总不能卖孩子吧！"她这话是对杨成方说的，有一点像说笑话。可杨成方可不敢当笑话听。再可笑的笑话，杨成方也不敢当笑话听，也不敢笑。宋家银是很会说笑话的，她在外头跟人家拉大村，说笑话，能把人家笑得在地上打扑啦。可宋家银一回到家里，一当了杨成方的面，就把笑话全部收起来了，一个都舍不得给杨成方。杨成方从宋家银的话里听出了对他的威胁，宋家银在拿孩子威胁他。两个孩子都很好，都很有希望。杨成方可不愿让孩子受委屈。活该受委屈只能是他。想想也是，宋家银还指望什么呢，只能指望他。他正当壮年，能吃能睡，能跑能跳，又不怎么生病，他不出去挣钱，让谁出去挣钱呢！

迫使杨成方盲目外出，不光是为了挣钱翻盖自家的房子，公家也在向他家派钱。村里的小学校年久失修，风雨飘摇，眼看就要塌。为了保证小学生的安全，为了保证正常上课，只得动员大家集资，把小学校翻盖一下。集资是按人头派，不管大人小孩，每人五十块钱，扒拉一个算一个。宋家银家四口人，应该交二百块。宋家银一听说交这么多钱，头轰一下就大了。她藏的是有点钱，二百块钱她交得起。可她不愿意动自己的钱，她愿意一分一分往上加，可不愿意成百块地往下减。这钱她是为翻盖房子预备的，二百块钱，差不多能买一面屋山所用的砖头，要是把钱交出去，她的屋山怎么办！可这个钱不交又不行。她的一儿一女正在学校里读书，正用得着学校和教室。村长在喇叭上讲，翻盖学校是为了子孙后代。谁家都有子孙后代。要是不痛痛快快交钱，就对不起子孙后代。再者，村里人还不知道杨成方所在的厂子已经黄了，他们的家庭还担着工人家庭的名义。工人家庭都是有钱的，交这个钱应当带头，应当给别人起个示范作用。果然，房明燕捷足先登，第一个把钱交上去了。她家目前只有她一个人，只交五十块钱就够了。接着，高兰英也把钱交上去了。宋家银怎么办？她让杨成方到婆婆那里去借钱。她听说老四从济南寄回了一百五十块钱。杨成方不想去，宋家银拽了他的胳膊，要拉他一块儿去。两个人一块儿去，还不如杨成方一个人去。杨成方刚跟娘说了借钱的话，就挨了娘一顿臭骂。娘骂着骂着还哭了，说杨成方的爹近日得了病，喉咙眼子一天比一天细，吃不下饭，怀疑得的是噎食病。老四寄回的那点钱，都给他爹看病花了。他爹马上还要到县医院去看病，准备让他们弟兄四人每人先拿出一百块钱来。钱要是不够，以后再分摊。杨成方回家，没敢跟宋家银汇报借钱的经过，他说："我走，我明天就出去挣钱去。"

杨成方刚从厂里回家时，还没有什么债务。他在家里躲着，还不是为了躲债。这一次外出，杨成方却有一些逃债的意思了。

这年春节，杨成方没有回家。他给宋家银寄回了五百块钱。他还给宋家银写了信，说他在郑州找到了工作，一切都很好，让宋家银不要挂念他。

宋家银对村里人说，杨成方的厂子搬到郑州去了，郑州是省会，各方面的条件都比县里好。还说他们家杨成方现在是老工人了，老工人不仅比新工人挣钱多，重活儿也不怎么干了，只动动嘴，出出技术就可以了。宋家银哪里知道，就在她到处宣传杨成方只动动嘴就能挣钱的时候，杨成方或许正一手提着一只脏污的蛇皮袋子，一手握着一根铁钩子，穿行于城市的楼群之间，正到处扒垃圾，捡破烂。饿了，他从某个楼下的垃圾口里扒出一块或整个馒头，把上面沾的脏东西捏一捏，就吃起来了。渴了，他拿出随身带的矿泉水瓶子喝一气。里面装的不是矿泉水，是在水龙头下面灌的自来水。连矿泉水的塑料瓶子也是捡来的。里面的自来水喝完了，瓶子他可舍不得扔，一个瓶子能卖五分钱呢。杨成方身上的穿戴，也大都取之于垃圾。他脚上穿的皮鞋，腿上穿的绒裤，上身穿的棉袄，都是从垃圾堆里捡出来的。他已经用垃圾的可利用部分把自己武装起来了，仿佛他自己也成了一样可以走动的垃圾。对于个人形象，他是不大讲究了。头发大长，胡子拉碴，脸洗得有一把，没一把。夜里，他撤出城市，到郊外的农村去住。农村有一些放杂物和养牲畜的房子，他和别的也是从垃圾里讨生活的人合伙把房子租来，打上地铺，几个人住在一间小屋里。不管是刮风下雨，还是下雪下冰凌，他一天都不歇着，都是天不亮就起来往城里赶，争取能捡到新的垃圾。雨下大时，他往身上裹一块白塑料单，仍在不停地行走和寻觅。他身上裹的塑料布也是捡来的。他每天把捡来的垃圾整理和分类，攒得够卖一次了，就弄到废品收购站卖掉。他给宋家银寄回的五百块钱，就是这样一点一点捡来的。

七

男人常年在外，两个孩子上学，宋家银也有过寂寞难耐的时光。她身体很好，月信正常。她腿长，屁股宽，比一般的女人屁股都要宽。她撅着屁股在地里割麦，在只见屁股不见头的情况下，人们宁可把她的屁股看成是一匹母马的屁股。有的男人未免有些感叹，他们说，这样的屁股谁管得够，谁消受得起，最好找一匹公马来对付。嘴痒的人把这话传给宋家银，宋家银一点也不生气，好像还有几分得意，她笑着说："我日他姐，谁在背后说我的坏话，我日死他姐！"宋家银习惯骂日他姐，不管跟谁开玩笑，她都是说要日人家的姐。她这样日字在前，仿佛她不是一匹母马，而是一匹骁勇喜日的公马。宋家银这么一个如饥似渴的女人，谁要是招惹她，估计不难上手。只要以开玩笑的名义，稍微把她的马屁拍一拍，就能把她的浪尿拍得滋出来，一偏腿就把她骑上了，让她怎么颠，她就怎么颠，让她怎么跑，她就怎么跑。村里没人招惹宋家银，因为杨姓是这个村的大姓。杨姓家族一向以门风正为骄傲，各家只许用自家的女人，不许到别家锅里伸勺子。加上杨成方家这一门人丁兴旺，小弟兄们众多，拳头硬，别门的人一般不敢动这个门的女人。这个村有两家外姓人是不错，他们都是外来户，后人发棵又不旺，在村里受憋得很。别说让他们动杨姓家的女人了，碰见杨姓家出来的狗，他们就得赶紧靠边站站。可以说宋家银的寂寞是环境造成的。在如此沉闷的环境里，像宋家银这么好的资源，只能被闲置，被浪费。

也不能说宋家银一点机遇也没有，有的机遇她没有很好抓住，结果错过去了。村里有一个远门子的堂弟，名字叫杨成军。杨成军不知从哪里搞回一头郎猪，靠用郎猪给别人家的母猪配种赚钱。换句话说，杨成军出卖的是郎猪的精子，他用郎猪的精子换钱。每到镇上双日逢集，杨成军就牵着他的郎猪到镇上去了。郎猪对前去寻求配种的母猪来者不拒，来一个配一个。每配一个，杨成军就收一份钱。杨成军对郎猪也有奖励，每当郎猪从母猪身上下来，他就给郎猪喂一个生鸡蛋。有的母猪的主人，见郎猪刚给别人家的母猪配过种，对郎猪的能力有些信不过，不相信郎猪的种子会成熟那么快。这时杨成军表现得相当自信，他说一配一个准，保证没问题。他打了保票，说："要是配不上，你找我，我再给你配，配不上不要钱！"本来是他的郎猪给人家的母猪配，他说成了他给人家配，围观的人听出了破绽，都笑了，说你给人家配算怎么回事。杨成军承认他说慌了嘴，把有的不该省略的字省略了。其实他是故意说错的，就是要给围观的人添一点笑料。在不逢集的日子，有附近村庄的人上门找杨成军，杨成军也会带上郎猪，及时前往。好比有的乡村医生，受人约请是出诊。杨成军和他的郎猪，受人约请是出配。郎猪随杨成军从村街上走过时，从来都是大摇大摆，不慌不忙，一副舍我其谁和稳操胜券的模样。宋家银看见过杨成军的郎猪。那头郎猪尖耳朵，长身子，简直就像一匹马。郎猪的短毛白汪汪的，那一身精壮结实的肉却是粉红的，看去白里透红，真他妈的漂亮。让人惊奇的是郎猪身子后面的那一对睾丸。定是因为睾丸的使用率较高，经受锻炼的机会比较多，所以那一对睾丸就显得格外发达，成为明显的优势所在。如果拿人的睾丸和它的睾丸相比，恐怕把人的六个睾丸加起来，也不一定比得上郎猪的一枚睾丸大。这么说吧，包在郎猪阴囊里的两个睾丸，如同包了两个鸭蛋，只是比鸭蛋长一些。郎猪走动时，屁股下面的睾丸左右摆动，又好像郎猪屁股下面又长了一个屁股。宋家银不敢看的是郎猪的眼睛，她觉得郎猪的目光非常流氓。说它流氓，并不是说它看人的目光多么下作，把女人也误认为是它的服务对象。它的目光是躲避的，你一看见它的眼睛，它的目光马上躲开了。要不是心里有鬼，要不是有流氓般的敏感和想法，它的目光躲什么躲。越躲越表明它不正经。宋家银注意过，郎猪的目光不是一直在躲，在你不注意它的时候，它又在看你，它是偷眼看人，它的眼睛背后仿佛还有眼睛。把坏事干多了，看来这头郎猪快成精了，快变成人了。宋家银把杨成军的郎猪看成流氓，作为流氓的主人，作为流氓的培养者和指使者，宋家银觉得，杨成军也应该是流氓。宋家银爱和杨成军开玩笑，一见杨成军和郎猪从村街走过，她就把杨成军称为流氓他爹，问他们爷儿俩又去哪里耍流氓。杨成军说，他去宋家银的妹子那里去耍。宋家银说："你小心着，回来把郎猪拴好。你一不小心，郎猪耍流氓耍到你老婆身上就麻烦了，到时候你老婆给你生一窝小郎猪，超过了计划生育指标，上头要罚款的。"杨成军说："没关系，你什么时候想生小猪，我来给你配。你放心，跟别人干要钱，跟你干不要钱，保证不让你倒贴。"杨成军使用的又是省略法，这一省略，就把郎猪和母猪省略掉了，成了他和宋家银的关系，他要干宋家银。对于杨成军的偷梁换柱，宋家银听得出来，宋家银说："我日你姐，这可是你说的。我正好买了一头小母猪，等小母猪打圈子了，我不找别人，就找你！"杨成军说："对对，你就找我，我保证让你满意。"说着，他把郎猪丢下，向宋家银身边凑去。一边凑，还一边前后左右乱瞅，似乎要背着人，要做什么秘密事情。宋家银不知杨成军要干什么，她不由地用两个胳膊夹住了奶子，把屁股也收紧了，转身要往院子里躲，说："死成军，你要干什么！"杨成军站下了，把手一摊，说："你看，我什么都没干哪。我还没动你一指头呢，就把你吓成这样，我要是真动了家伙，你的门不知道得关多紧呢，恐怕用铁棍都捅不开。"宋家银说："动家伙，你敢？我看你没长动家伙的蛋子儿！"杨成军压低了声音，说："你说我不敢，今天晚上你给我留着门儿，我来会会你，你看我敢不敢！"宋家银脸上红了一下，她还是当笑话说："说话算话，晚上谁要是不来，谁是小舅子。"

　　两个孩子一放学，她问孩子有没有作业，要是有作业，趁天不黑，抓紧时间写。这时村里已通了电，她家里安上了电灯，照明再也不用煤油灯了。家里虽有了电灯，她很少用，也很少让孩子开灯。孩子若有家庭作业，她都是催孩子利用自然光做作业。她还保持着节省的习惯。点煤油灯时，她要节省煤油。点电灯时，她得节省电费。村里刚拉进电线那会儿，各家也要出钱，也要投资。为此，有的家庭拒绝通电，说祖祖辈辈没点过电灯，生出来的孩子眼睛照样明明亮亮的。在通电的问题上，宋家银表现得相当开明，相当有现代意识。男人在外面工作，她的家庭一直是工人家庭，家里怎么能不通电！就是村里别人家都不通电，她家也要通。她甚至希望别人家都别通电，只有她自家通，这样才能显出她家的光明。通了电，不用，也算有电。好比有了自行车，别管骑不骑，谁都得承认她有自行车。通了电也是一样，为了节省电费，她家不开电灯就是了。

吃过晚饭，她让两个孩子在屋里睡。她说有点热，要到院子里躺一会儿，凉快一会儿。时节到了夏天，天气是有点热了。但还没热到睡院子数星星的地步。实在说来，是宋家银心里有事，是她心里发热，热得都有些发烧了。她放不下杨成军以开玩笑的口气给她留下的话。这地方的人开玩笑是大有学问的。许多真话都是以开玩笑的口气说出来的。真话往往不大好说，说出来容易让人难堪。把真话外面包上一层笑话，说起来就方便多了。特别是在男女偷情的事情上，用笑话铺路搭桥的手段更是被普遍应用。笑话，有搭讪的作用，递话儿的作用，试探的作用，也有调情的作用。所谓递话儿，就是城里人所说的传递信息。比如一个男的看上了一个女的，想跟这个女的好一好，在城里，有可能采取写信的办法，男的通过信件把好感传达给女的。在农村，他们大都不识字，或者识字很少，一般不采用写信的方法，只用说笑话的办法就行了。相比之下，说笑话的方法更狡猾，回旋余地更大。它的特点是进可攻，退可守。如果男女双方都把笑话后面的真意领会到了，又都愿意得到真意趣，那么他们的好事就成真了。如果其中一方觉得对方不是自己想要的人，或者觉得时机尚不成熟，笑话说了也就说了，一笑了之，于你于我都不损失什么。宋家银相信，杨成军在笑话后面递给她的是真话。杨成军说的时间就在今晚，时间是那样具体。她也用笑话给杨成军回了话，等于答应杨成军了。好事就在今晚，宋家银把一切都准备好了。

院子门后的墙根有一片阴影，宋家银在阴影里铺了

一张席，躺在席上装作摇扇子。她特意洗了头，往脸上
搽了香膏子，还换上了一件比较新的内衣。她本来不想
收拾打扮自己，把自己搞得这样香，是不是对杨成军太
在意了。杨成军一个牵郎猪的，一个满身骚气的臭小
子，凭什么让她像迎接新郎一样迎接他呢！杨成方每次
从外面回来，她从来没有这样收拾过自己。她把自己当
成一碗剩饭，杨成方要吃，她不愿意把剩饭热一热，让
杨成方自己来端，凉着吃好了。杨成方笨手笨脚，笨头
笨脑，自己不知道烧把火，给剩饭加点温，炒一炒，再
吃。得着了，他上来就吃，一口气吃完为止。杨成方的
吃法，从来没有让宋家银满意过。倘是宋家银只经历过
杨成方这么一个男人，她也许想着男人都是这种吃法，
她就没什么想头了。她难免想起第一个和她好过的那个
男人，难免把那个男人和杨成方相比较，一比较，就看
出杨成方的差距来了，并知道了男人和男人是不一样
的。看来女人得到比较的机会是麻烦的，她比较了一

个，还想比较两个，三个。大概因为杨成军是一个牵郎猪的人，宋家银认定杨成军是一个会玩儿的男人。想想看，杨成军的郎猪就那么流氓，那么坏，跟着郎猪学郎猪，杨成军能不流氓？能不坏？院子里的门没有上闩，是虚掩的。杨成军来了不用敲门，轻轻一推就进来了。她打算好了，等杨成军进来后，她就装睡，装作睡得沉沉的，对杨成军的到来并不重视，年初一打死一只兔子，有它没它都能过年。她要看看杨成军怎样动她，怎样把她弄醒，是先动她的头，还是先动她的脚。要是先动她的脚，她就踹杨成军一个梦脚。要是先动她的头，她就抓过杨成军的手，把杨成军的手指头在嘴里咬一下。她当然不会把杨成军咬疼，只让杨成军知道她不好惹就行了。

　　宋家银白准备了，她骚动大半夜，受煎熬也受了大半夜，杨成军始终没有出现。有一次，她贴在地上的耳朵听到外面有点动静，爬起来透过门缝往外一看，站在门外的不是杨成军，是一只狗。她从门缝往外看，狗正好从门缝往里看，她的鼻子差点碰到了狗的鼻子。 还有一次，她看见墙头上冒出一个东西。她心里一喜，以为杨成军个狗日的要翻墙进来。定睛一看，立在墙头上的是一只黄鼠狼。在月光下，直立着的黄鼠狼，把两只前爪像人的两只手一样搭在胸前，头也像小人儿的头一样，左瞅瞅，右瞅瞅。黄鼠狼最后不知瞅到了什么，身子一俯就逃遁了。

再见到杨成军，宋家银要是以开玩笑的口气，说她等了杨成军半夜，也没见杨成军去，说不定杨成军真的就去了。宋家银没有再给杨成军机会，也没有再给自己机遇，她生气了，肚子气得鼓鼓的。她认为杨成军骗了她，捉弄了她，一个男人家，说话不算话，连放狗屁都不如。宋家银一生气就过头，她有点恨杨成军。这种恨说不出来，只能在心里恨一恨。因此，她没有跟杨成军一笑了之，她不搭理杨成军了，再也不跟杨成军说笑话了。杨成军叫她二嫂，还要跟她说笑话，她把脸子一撇，转身就走了。她在心里把杨成军骂成日娘的。

八

宋家银的心里好像一直不平衡，她心里的恨也好像很多，一恨未平一恨又起似的。心头有了恨，她也没什么有效的表达方式，就是不搭理人家而已。村里妇女解恨的方法很多，说得上五花八门。有的是骂大街，把一样东西，能骂九九八十一遍不重样。有的是到人家门前打滚撒泼，寻死觅活，不达目的，决不罢休。有的把仇恨对象扎成一个草人，在草人头上安上葫芦，葫芦上画得有鼻子有眼，然后把草人绑在一棵树上，每天用开水在草人头上浇三遍，一边浇，一边对草人进行咒骂。有的手段毒辣一些，她们不声不响，就把毒药下进人家猪圈里去了，羊圈里去了。这些方法，宋家银都没尝试过。她记恨人的方法，就是不理人。不理人，就是蔑视人家，和人家断交，继而否认人家的存在。她觉得不理人的方法是很有力量的，这种力量是持久的力量，也是意志的力量。

近来，她决定不搭理房明燕了。其实房明燕并没有得罪她，对她客客气气的，一点都没有表现出看不起她的意思。可是，宋家银还没盖砖瓦房，房明燕把砖瓦房盖起来了。这跟做文章一样，她虽然早就打好了腹稿，因无纸无笔写不出来，文章还停留在肚子里。如今，人家把文章做出来了，写在地上了，题目和内容和她的腹稿都是一样的，她有一种被抄袭和偷窃的感觉。有房明燕的砖瓦房在前，她再盖这样的房子，就显不着她了，就算她抄袭了人家。房明燕的男人当工人的事，这也让宋家银越想越不对劲。老三当了正式工，杨成方连个临时工也当不成了，她把这两者看成了因果关系，认为是老三把杨成方的工作顶掉了。最让宋家银看不惯的是房明燕的娘家爹，从乡里到这村不过三四里路，那人来看房明燕还坐着吉普车。说是来看闺女，他却不在闺女家吃饭，在支书家里吃开了，喝开了，猜拳行令，闹得全村的人都听得见。村里的孩子难免把停在支书家门前的吉普车围观一下。在支书家帮着烧火做饭的房明燕一会儿出来一趟，让孩子们都离远点，不许摸车。宋家银的女儿杨金明也在那里看车，宋家银站在远处喊女儿，命令女儿回家，说："那儿又没有玩猴儿的，你在那里看什么，没见过东西怎么着！"女儿不回家，她大步走过去，捉住女儿的手就往回拉，骂女儿眼皮子浅，没志气。她本来没打算拉女儿，见房明燕从灶屋里出来，她就奔过去把女儿拉走了。她一见房明燕就来气，她拉女儿，就是做给房明燕看的，话也是说给房明燕听的。房明燕看出二嫂的行为是针对她，她没有计较，微微一笑就完了。可怜的是宋家银的女儿，女儿被拖得两眼含泪，还不明白妈妈为何生这么大的气呢！

房明燕的房子盖好后，村里好多人都去看。宋家银坚决不去看。房明燕的房子在村东，为避免看到房明燕的房子，她连村东也很少去。村东有一个出村的路口，到镇上赶集，一般都要从那个路口出村，她去赶集怎么办呢？她宁可从村北的护村坑里翻过去，也不走村东。村北的坑很陡，坑底还有一些稀泥。她侧着身子，一点一点下到坑底，用脚尖点着稀泥，跳到对岸，再抓住坑边露出的树根，攀到岸上去。有上年纪的人不知道她心中的避讳，问她放着好好的大路不走，干吗费劲巴力的翻坑呢？她说翻坑近。嫂子也不理解她，嫂子竟到她家，约她去看房明燕的房子。宋家银说："你想去你去，我不去。"嫂子说，听说老三家的房子盖得不赖，好多人都去看了。嫂子的意思还是想拉她一块儿去看。宋家银躲着房明燕的房子，是躲着自己心中的痛。嫂子拉她去看房明燕的房子，等于把她的痛处触到了，她说："我干吗去看她的房子，她盖的房子再好，是她的，她再富，也是她的，我不沾她一点光！"嫂子不知道宋家银已经忍无可忍了，她仿佛要与宋家银拉统一战线似地说："人家都去看了，咱俩要是不去，老三家的该有意见了，好像咱们多眼气她似的。""放屁！"宋家银骂道。她骂房明燕放屁，把嫂子也捎带上了。嫂子替房明燕假设，等于嫂子也是放屁。她说："我眼气她？撒泡尿照照她那样子，一把攥住，两头不露，有什么值得让我眼气的！"宋家银最后说的话，几近撵嫂子走，她让嫂子赶快去看人家的房子去吧，别在她这里沾一身穷气。

宋家银对嫂子也快不想搭理了。嫂子的两个儿子初中毕业后，都加入了人家的包工队，到山西的小煤窑挖煤去了。这样一来，杨成方家弟兄四个，家家都有了在外做工的。老二老三老四家，都是一个人在外做工。老大虽然没有出去，可他的两个儿子起来了，一出去就是两个。两个比一个多着一倍。老大毕竟是老大，他利用两个儿子，一下子把三个弟弟都盖过去了。别管出去做什么工，不管是长期工还是临时工，合同工还是包身工，反正出去就是做工，做工就能挣钱。宋家银从高兰英口里知道，挖煤的活是重，是苦，也有危险，可挖煤挣钱也多一些。老大的两个儿子外出挖煤，一年不知能挣回多少钱呢！宋家银看出来了，嫂子说话的底气比过去足多了，屁股似乎也扭起来了，不然的话，嫂子怎敢和她拉统一战线呢，怎敢撺掇她去看房明燕的房子呢！宋家银觉得这样不太好，有点乱套。哪能家家都有人出去做工呢？那样的话，杨成方往哪里摆，她的工人家属地位往哪里摆，他们家不是被淹没了嘛！宋家银感到受到了前所未有的挑战，她的地位也受到了威胁。

村里有个叫杨二郎的，不吭不哈，一路摸到北京去了，到北京拾破烂去了。拾了两三年破烂回来，杨二郎发了。杨二郎发财的证据，也是体现在盖房子上。杨二郎不再盖起脊子的瓦房，他认为起脊子的瓦房已经过时了，他盖的是平房。平房上面盖楼板，楼板上面打上防水层，防火层，再用水泥抹平。这样的房顶可以登高望远，可以晒粮食，夏天还可以在上面借风乘凉。平房前面是大出厦，廊厦下面是高起的台阶。有了廊厦的遮蔽，下暴雨也不怕了，从堂屋走到灶屋，不打伞也淋不着雨。房子前面开的不再是小窗，装的也不是传统的木窗棂。他家的窗子开得面积比较大，窗扇可以对开，上面装的是透明的玻璃。杨二郎了不得了，他去北京不光挣回了钱，还开了眼界，长了见识，把北京房子的式样也带回来了。杨二郎的确是那样说的，他说他在北京参观了故宫，看了慈禧太后住的房子。慈禧太后的房子，玻璃窗都是可着房子那么大。他隔着玻璃窗往里面一瞅，就把满屋子的宝物瞅到了。杨二郎举了一个例子，他说别的且不说，如果从慈禧太后屋里拿出一个洗脸盆来，值钱就值老了，恐怕把全村的粮食、房子、牲口和杂七杂八的东西都算上，也买不来慈禧太后的一块盆沿子。有人问，一个洗脸盆那么值钱，难道是金子做的。

杨二郎说:"这一次可算让你猜对了,那洗脸盆可不就是纯金做的。"听杨二郎说话的人无不发出惊叹。

杨二郎从北京回来,还背回一个牛腰粗的蛇皮袋子,里面装的都是他拾回的东西。人们以为那些东西不过是些不值钱的破烂货,谁知道呢,他掏出一样,又掏出一样,每样东西都不破。他像变戏法一样,每掏出一样东西,人们的眼睛就一亮。他掏出来的有毛衣毛裤,皮鞋凉鞋,裙子帽子,无所不有。他还拿回一种裤子,叫牛仔裤。他说牛仔裤,村里人听不懂,以为牛仔的仔是宰牛的宰,就把牛仔裤说成是宰牛裤。村里人还赞叹呢,说北京人就是厉害,就是牛,连宰牛的人都有专门的裤子。宋家银没到杨二郎家里去。外面回来的人,她一般都不去看。她还端着工人家属的架子,表示她对外面回来的人都不稀罕。女儿拽着她的手,让她到杨二郎家去看看。她一下子就把女儿的手甩开了。她知道女儿的心思。杨二郎把带回的那些东西,都以比较便宜的价格处理给村里人了，女儿定是看见别的小姑娘穿了杨二郎带回的式样不错的花裙子，女儿也想让她去挑一件。宋家银对女儿说："我干吗要买他的东西，有钱我还买新的呢！"宋家银已经知道了，杨成方在郑州也是拾破烂。她觉得拾破烂的说法不好听，她不想让人知道杨成方在城里拾破烂。她使用的还是过去的说法，说杨成方在郑州当工人。她说得比较含糊，没有再具体说杨成方是在预制厂当工人。现在的人，去趟郑州跟赶趟集一样，她怕有的人到预制厂去找杨成方，要是一找，杨成方的工作就露馅了，就把破烂露出来了。宋家银是想去听听杨二郎说些什么，或许杨二郎在拾破烂方面有什么窍门，她听到了，好跟杨成方说一说，让杨成方跟杨二郎学着点。从目前的情况看，杨二郎比杨成方拾破烂的效果要好得多。但她心里有点别扭，觉得杨二郎的工作跟杨成方的工作雷同了，她一去，好像对杨二郎的工作表示认同似的。后来有人对宋家银说起杨二郎带回来的宰牛裤，说什么宰牛裤，宰猪裤，原来就是劳动布做的裤子，跟杨成方穿的工作裤差不多。这样的口气和说法，显然是笑话杨二郎的意思，笑话杨二郎拿着破布当龙袍，回来糊弄乡亲们。既然是笑话杨二郎，既然是拿杨成方的工作裤拆穿了杨二郎的宰牛裤，宋家银来了兴趣，她宣布她也要去看看，杨二郎带回来的是什么样的宰牛裤。杨二郎把牛仔裤取出来，宋家银差点笑弯了腰，不就是一条劳动布裤子嘛，说什么宰牛裤不宰牛裤，这样的裤子，他们家杨成方都穿烂好几条了。杨二郎表情严肃地纠正宋家银，说劳动裤和牛仔裤可不能比，牛仔裤有形，松紧性强。劳动裤都是大裤裆，也没啥松紧性。穿牛仔裤时髦得很，现在北京城里的年轻人，都是穿牛仔裤。杨二郎问宋家银："你知道牛仔裤是哪里传过来的吗？"宋家银还是笑，说："不是宰牛裤嘛，怎么又成牛宰裤了！"杨二郎说："你不要听别人瞎说，什么宰牛裤，宰人裤呢！这个仔不是那个宰，牛仔

同在蓝天下——相依 / 2012 年 / 243cm×125cm

同在蓝天下——分担 / 2012年 / 243cm×125cm

裤的仔，是人字旁右边搭一个子字。我一说吓你一跳，牛仔裤是从美国传过来的。美国美国，美国人最爱美，全世界的人都在向美国人学习。"宋家银不服，说："按你这个说法，美国人都爱美，日本人都爱日了！"一屋子人都笑了，他们把日本的日理解成另外一种意思了。

对于别人的嘲笑，杨二郎一点也不恼，他说："你们不要笑，你们不懂。"他接着又讲了一些在北京的所见所闻。他说有些事情他原来也不懂，后来才慢慢懂了。有一次，他从垃圾箱里捡出一个圆圆的纸盒子，盒子里有上半盒黄吃歪歪的东西。他以为是小孩子拉的屎，正要把纸盒子扔掉，旁边一个老太太指点他，说那是冰激凌，挺好吃的，让他尝一尝。什么冰激凌，他连听说都没听说过。他有些犹豫，不想尝。他看着还是像屎。穿戴不俗的老太太挺执着，也挺负责任似的，坚持让他尝一尝。在人家的地面讨生活，人家让你干什么，是给你面子，他不要面子也不好。于是，他用手指头抠了一点冰激凌放进嘴里。你别说，那玩艺儿冰冰的，甜甜的，还真好吃，吃一口就激灵一下子。杨二郎不光拾破烂，还收破烂。有一回他收回一堆破棉花套子。心说把套子晾晾吧，一抖，从破套子里抖出几张存款单来。存款单都是定期的，上面有名有姓，他不敢冒名去取，生怕人家已挂了失，把他当小偷抓起来。说着，他从屋里拿出一张存款单来给大家看。宋家银他们把存款单接过来一瞅，真的呢，上面填的存款数是三千块。存款单很精美，细看上面也有花纹，跟票子差不多。宋家银从没见过这样的存款单。她想，杨二郎从破套子里抖出来的不知有没有现金，就是有现金，恐怕杨二郎也不会说。得外财的事，人都是藏着掖着，谁愿意说出来呢。杨二郎说，他还捡到过一个手机。一个人从小轿车上下来，手机就掉在车门口的地上了。他过去把手机捡起来，喊住那人，把手机还给了人家。他要是不还给人家，一个手机能卖好几千块呢！他的话别人又没听懂，有的听成了烧鸡，有的听成了熟鸡，心说，一只鸡，不管烧得再熟再烂，也值不了几千块钱哪！心里有疑问，他们没敢马上问。他们本来想笑话杨二郎，现在成了杨二郎笑话他们，杨二郎完全掌握了主动。他们要是一问，杨二郎肯定还会说"你们不懂"。果然，杨二郎笑着看看这个，看看那个，说："我说手机，你们又不懂了吧。手机，可不是咱们家喂的公鸡母鸡。手机是电话机，是拿在手上的电话机。手机跟一副扑克牌大小差不多，上面没有线连着，走到哪里都能接电话，都能打电话。手机一叫好听得很，得儿得儿的，比蛐蛐叫得都好听。"

杨二郎后来说的话，宋家银没怎么听进去，她有点走神儿。她在心里调兵遣将，准备赶紧通知杨成方，让杨成方也到北京去。既然北京到处都有宝，到处都是钱，出门还能捡到这机那机，既然北京城里看着像屎的东西都好吃，杨成方死脑筋，还待在郑州干什么。

九

老四出事了。建筑队打回电报，说是老四受伤了，让他家里的人速去。宋家银的公爹拿着电报，让大儿子、大儿媳、二儿媳、三儿媳看了一圈，然后由大儿子陪着他，到济南去了。宋家银原以为公爹让各家给他出路费，公爹没张那个口。公爹让这个那个看电报，不知是啥意思。公爹的表情很沉重，沉重得似乎连话都说不出来了。看样子，公爹可能把老四受伤的事估计得过于严重了。宋家银还安慰了公爹几句，说没事，出门在外，磕一下，碰一下，都不算什么事。说不定公爹还没走到地方，老四已经到脚手架上干活儿去了。

老四出的是大事。他钻进搅拌机的大肚子里，清理巴在搅拌机内壁的残渣。别人不知道他正在搅拌机的肚子里面干活儿，有人把搅拌机的电闸合上了。搅拌机隆隆地一转动，老四就变成了搅拌对象，也就是搅拌机大肚子的消化对象。等有人想到老四可能在搅拌机里干活，把搅拌机停下来时，老四已被搅拌得一塌糊涂，分不清哪是沙子，哪是石子，哪是水泥。搅拌好的东西一般都是稠稠的流质。老四几乎也成了流质，扶起来是不可能了。眼看局面不好收拾，公爹给三儿子打电报，让在国家油矿工作的老三也去了。经过艰苦谈判，建筑包工队答应赔给公爹一万三千块钱。楼房的业主不赔钱，因为业主和包工头儿事先签订的有合同，如果出了工伤或工亡事故，一切后果由建筑包工队承担。公爹本打算给四小子讨一副上等的棺材，用棺材把儿子装回去，见儿子已不成形状，拉回去也没法看，只会让孩子的娘更痛心，就作罢了。结果，爷儿三个只把老四的骨灰盒提回去了。

婆婆一抱住骨灰盒就哭开了，仿佛骨灰盒就是她儿子，谁从她手里夺骨灰盒，都夺不下来。婆婆叫着老四的小名，说她儿子出去时是活不拉拉的儿子，回来就成了这样，成了一把骨头渣子。出去，出去，出去能落个啥呢！宋家银劝婆婆别哭了，劝着劝着，她自己倒哭了，眼泪流得啦啦的。公爹拿着电报让她看时，她一点都没吃惊，甚至希望老四出点事，如果老四出点事，不能再出去做工，她心里会平衡一点。老四出了这么大的事，她又觉得自己太过分了，太没人心了。老四没了，老大在家，老三也回来了，只有杨成方没回来。是她不让杨成方回来。她说她只知道杨成方在北京，但不知道具体地址。她怕耽误杨成方挣钱。 她正在家里盖房子。房子是包给人家盖的，连盖房子他都没让杨成方回来。她家盖的是平房，基本上模仿杨二郎房子的式样。但她不承认她家的房子跟杨二郎家的房子一样，因为杨二郎家的房子不拐弯儿，没有厢房。她家除了盖四间堂屋，又盖了两间西厢房。她家的房子是超越性的，在全村又拔了头筹。因为没让杨成方回来，她觉得对公公婆婆有点愧。对老四也有点愧。她怎么办？她只有通过哭来弥补一下，来做一个姿态。她要让人知道，她宋家银是很懂事的，也是很重感情的。同时，一个在盖房子的事情上拔了头筹的人，也应该哭一哭。胜利的人都是要流眼泪的。通过哭，她还要让人知道，她盖这么好的房子，不是要成心盖过别人，不是跟任何人过不去，她是跟自己过不去，她天生就是一个和自己过不去的人。别人只知道她盖房子，谁知道她是怎么省的，谁知道她所受的苦处。还有杨成方，谁知道杨成方在外头受的是什么样的罪！宋家银干脆哭出了声。别人叫着"他二嫂"，越是劝她别哭了，越是夸她嫂子比母，她哭得越痛快。她还想起四弟有一次跟她借自行车，她不但没借给四弟，还骂了四弟，她只好请四弟原谅她了。

婆婆抱着老四的骨灰盒不放，还有一层意思，她拿骨灰盒和棺材比，嫌骨灰盒太小了，太短，也太狭窄。她说她儿子那么高的个儿，睡在这里面，胳膊伸不开，腿伸不开，太憋屈了，太受罪了。宋家银很快理解了婆婆的意思，在这个事情上，也愿意顺从婆婆的意思，她建议，应该给老四买一口好棺材，把骨灰盒放进棺材里。她听说，人死后，棺材在阴间就是人的房子。他们都有了房子，老四也该有一套像样的房子。反正人家赔给公公婆婆的有钱，这笔钱应当拿出一部分，花在老四身上。不然的话，钱留在那里干什么！

对宋家银的建议，全家人都没有反对。也不好反对。于是，公爹从镇上买回带香味的红松，请人做了一口厚重的棺材，把小小的骨灰盒放进大容积的棺材里去了。大概也是因为有了钱，老四的葬礼按常规葬礼举行，一个项目都不少，搞得相当排场。家里请了响器班子，吹打了一番。家里摆了宴席，待了好几桌客。还是宋家银的提议，家里请人给老四扎了收音机、电视机、自行车等新鲜东西。还让人给老四扎了一个跟真人一样高的闺女。闺女脸上画了眉眼，点了樱桃口，涂了红脸蛋，俊俏得很。因为老四没有结婚，有了这个闺女陪伴，老四就不寂寞了。

打工这个词已经很流行了，它像种麦、过年一样流行，人人都会说，都说得很顺嘴，而且知道它和内容。你若问谁谁到哪里去了，连八十岁的老太太也会告诉你，打工去了。老四的死，一点也没让人们感到有什么了不起，一点也不影响人们外出打工的积极性。村里祖祖辈辈死了多少人了，人们的死法大同小异，不能给人留下什么印象。而老四的死法是独特的，是死（史）无前例的，人们一下子就记住了。和老四的死几乎是同步，该村外出打工的年轻人，在武汉也死了一个。年轻人没挣到钱，他见商店里东西很多，起了偷窃之心。趁商店关门时，他在一个角落里躲起来了。夜深人静之后，他正从柜台里往外拿东西，被一个值夜的老头儿发现了。老头儿叫了一声好啊，刚要打电话报警，他扑上去，掐住老头儿的脖子，活活把老头儿掐死了。年轻人的死也不算好死，他是被人家武汉的人枪毙掉的。年轻人死得不够光彩，村里人对他不表示同情。大家认为他的手伸得太长了，是自己送死。死人没让外出打工的人感到害怕，相反，有更多的人冲出去了，踏上了打工的征程。这劲头有点像当年闹革命，一个人倒下了，更多的人站起来，前仆后继似的。

这个村一百多户将近二百户人家，几乎家家都有人外出打工。有的家庭不止出去一个，出去两个，甚至三个。城市的大门好像一下子敞开了，农村人进去一个，它们吸收一个。过去城市的门槛高得很，门也关得很严，不许乡下人随便进去。你硬着头皮进去了，说不定它抓你一个流窜犯，把你五花大绑地送回原地。这下好了，条条溪流归大海，城市真的像一个大海，什么人都可以进去扑腾了。让人始料不及的是，不仅男孩子出去打工，女孩子也把不住劲了，也开始收拾行囊，外出打工。这村有一户姓孙的，是独门独户的一家外来户。他们家想多生儿子，以便在这个村壮大队伍，站稳脚跟。谁知孙家老婆的肚子不争气，皮囊子里女孩儿多男孩儿少，老婆连着生下五个闺女，才勉强生了一个儿子。生孩子多，挨罚就多，这家的日子穷得像掉了底子的水罐子，提都没法提了。孙家的日子转机之日，是在孙家的大闺女二闺女结伴出去打工之后，第一次，两个闺女给家里寄回三千块钱。第二次，两个闺女给家里寄回六千块钱。这种大额汇款，乡邮电局的邮递员都是开着大篷车，直接给收款人送到家里，每送一千块钱收取十块钱的送款费。这是邮电局新增加的服务项目，据说是为了保证取款人的安全，也是服务上门。这种服务带来一个毛病，就是保密功能差一些，大篷车咚咚一响，一开到谁家门口，全村的人都知道了。大篷车的响声如同放炮，人们像拾炮的一样，就到姓孙的家门口去了。人们当然拾不到什么炮，但去过的人眼神都有些惊诧，心里眼气得有些疼，疼得跟炮崩的一样。日死他祖宗吧，老孙家的闺女打啥工去了，挣这么多钱！难道城里的工都是公的，男孩子上去打不败它，只有女孩子上去才能制服它，打败它。两个闺女寄回这么多钱，老孙不敢把钱放在家里，他怕招贼惹祸。他也没把钱往信用社里存，他还没有存钱的习惯。他的办法是马上把现金换成砖，把红砖头垛得一垛一垛的。就是贼来了，顶多偷几块砖，偷不走他的钱。买砖的目的，当然是盖房子。老孙说了，他不盖砖瓦房，也不盖平房，他要盖一座两层的楼房，来它个一步到位。村里人没听错，外来户老孙要在以杨姓为大户的村庄盖楼房了，羊群里长出骆驼来了。因为两个闺女的本事，老孙要往高处走了，要上天了。老孙在人前不敢翘尾巴，跟人说话时，他还是夹着尾巴，还是一脸苦相。不过他说话的内容变了，他说，以前在这个村，没人看得起他，看见他跟看见要饭的差不多。家里穷得闺女连条裤子都穿不起，他难受得不知道哭过多少回。他哭，也不敢在外面哭，怕人家看见笑话。他都是半夜里在家里偷偷地哭。人家说他现在行了，要盖楼了。老孙眼里的得意憋不住了，变粗的尾巴根子似乎再也夹不住，他说："十年河东转河西，老天爷总算开眼了。"对于老孙家的崛起，村里人无论如何不大好接受，他们说，老孙家的闺女到城里不知干什么去了呢，那么多钱，肯定不是正当渠道挣来的。老孙听到了风言风语，一点也不生气。他好像早就料到了人们会说闲话。他说，他的两个闺女在一家鞋厂里给人家做鞋。因为那个鞋厂做的鞋好，是出口到国外，给外国人穿，挣的是洋钱，所以厂里给工人发的工资就高些。有人说，噢，给人家做鞋，这就对了，听说外国人的脚可是大呀！也有人不明白给人家做鞋怎么就对了，说再好还能好到哪里去，不过是皮鞋呗。难道皮鞋不是猪皮羊皮牛皮做的，是人皮做的？

别管人们怎么议论，村里的女孩子都有些蠢蠢欲动，也想出去打工。杨金明对妈妈说，她也想出去打工。妈妈老是在家里说，人家老孙家养闺女真是养值了。她家两个闺女出去就挣那么多钱，要是五个闺女都长大，都出去挣钱，不知能挣多少钱呢！现在人家要盖楼，说不定以后该树塔了。过去都是说养闺女是赔钱货，现在世道变了，养闺女比养儿子强。宋家银不反对女儿出去打工，她说："等你初中毕了业，你想去哪儿就去哪儿，妈不拦你。"

是不是可以这样判断？宋家银当初热衷于把丈夫杨成方往城里撺，是为了要工人家属的面子，是出于虚荣之心。这是第一阶段。到了第二阶段，宋家银受利益驱动，就到了物质层面。也就是说，她让杨成方出去，主要是为了让杨成方挣钱。杨成方挣回了钱，垫高了家里的物质基础，她才能踩着基础和别家攀比。到了第三阶段，宋家银的指导思想就不太明确了，就是随大流，跟着感觉走了。这时候，外出打工，或者说农村人往城里涌，已经形成了浪潮，浪潮波涛汹涌，一浪更比一浪高。这样的浪潮，谁都挡不住了，谁都得被推动，被裹挟，稀里糊涂地就被卷走了。有一年夏末，他们这里发过一次大洪水。洪水是从西边过来的，浪头有屋山高。洪水一过来就不得了，沟满河平房倒屋塌不说，洪水一路欢呼着，把房子的草顶、屋子里的木床、村头的麦秸垛等，都顺手牵羊似地捎走了。在强大的洪水面前，人是脆弱的，人被洪水追得屁滚尿流，无处躲，无处藏，只能跟着洪水走。和洪水不同的是，水往低处流，而打工的浪潮是往城里走。乡下人历来认为，城市是高处。往高处走，是人类共同的心愿。既然有了千载难逢的好机会，谁不愿意到城里插一脚呢！

十

宋家银也要到城里去了，她不是主动去的，是被动去的。她不是去打工，也不是去观光。

在此之前，宋家银还没想过一定要到城里去。杨成方常年在外，家里总得有人守摊。在夫妻的分工上，宋家银遵守的还是传统的分工方法。杨成方是外线人，是打外的。她给自己的定位是家里人，是主内的。两个孩子正上学，她每天要给孩子做饭吃。家里喂的有猪有羊，有鸡有鸭，有狗有猫。一个活物一张嘴，每张嘴都会叫唤。一张嘴打发不好，能叫唤成十张嘴。这些都离不开她。她辛辛苦苦建设这个家，为了比别人强，为了让别人看得起，她的荣耀在家里。她要是到了外头，谁会认识她呢，谁会知道她的荣耀呢！她总不能像蜗牛一样，走一步就把房子背在自己身上吧。就算她把房子背进城里，城里人谁会看得上蜗牛的壳子呢，说不定一脚就把壳子踩碎了。宋家银把家看成是她家的根据地，把根据地建设好了，保卫好了，进城的人干着才放心，回到家才有一个稳定和温暖的窝儿。城里是挣钱的地方，也是花钱的地方。人还没进城，就得先花一笔车费。宋家银不想花那个车费。可这一次，宋家银不进城是不行了。

高音喇叭在村长家院子里的杨树上响，村长的老婆在喇叭里喊："金光家妈，来接电话，北京来的电话！"
村长家的杨树很高，树上的喇叭是居高临下。喇叭的嘴
巴很大，嗓门也很高，喇叭一响，全村的人都听见了。
这表明村里通电话了。因为电话的线路少，只有村长家
安了电话。外出的人来了电话，都是打到村长家里，由
村长家里的人通过大喇叭喊人去接。用大喇叭喊人带有
传呼性质，是收费的，传呼一次，收一块钱。村里外出
的人多，打回的电话也不少，几乎每天都有人往村里打
电话。电话来自全国各地，有北京上海深圳，也有山西
新疆内蒙古。一部电话，把全国的大城市都连起来了，
把各地的消息都接收到了。听到村长的老婆在大喇叭里
喊她时，宋家银正在厕所里撒尿，刚撒了一半。金光家
妈，肯定是她，她儿子叫杨金光。让孩子把娘喊成妈
的，也只有她家。电话是北京来的，这也很对，因为杨
成方在北京工作。杨成方从来没往家打过电话，这一次
怎么想起来打个电话呢？宋家银激灵了一下，没等把剩

下的一半尿撒完，就边提裤子，边向村长家跑去。电话不是杨成方打来的，是杨二郎打来的，杨二郎告诉宋家银，杨成方让人家给抓起来了，弄走了，关在哪里，他也不知道。宋家银的脸一下子白了，连嘴唇都白了，一点血色都没有。同时，她身上不由自主地哆嗦起来，拿电话的手哆嗦得像拿着一件小型振动器。别看她对杨成方那么厉害，其实这个女人的胆子是很小的，事情一到她头上，她就吓坏了，她就蒙了，六神无主。村长老婆就在她身边，一直瞅着她的脸，她的嘴。杨二郎说话的声音很大，不用说，村长老婆也听见了。村长老婆见她拿着电话的嘴，找不到自己的嘴，就教她说话，让她问为啥。那么她就问："为啥？"她问得小声小气，像是被谁掐住了脖子，脖子变得像电话筒子一样细。杨二郎说，他也说不清楚，听说是拿人家的东西了。偷人家的东西，说得好听一点，就是拿人家的东西。这种说法宋家银明白。村长老婆继续让她问，拿人家啥东西了。这一次宋家银没有听村长老婆的，她大概记起自己的面子了，替杨成方辩护说："杨成方那么老实，胆小得跟虱一样，他怎么敢动人家的东西！不会吧？"杨二郎没有跟她多说，最后跟她说的是："反正我跟你说了，你赶快来吧！"放下电话，那些话还在她脑子里轰轰作响，还没有放下，她忘了交钱。村长老婆提醒她，把钱交了，一块钱。她低着头已经走到门口，只得又站下了。她喊村长的老婆喊婶子，说今天来的匆忙，身上没带钱，改天再送来。她像是又想了什么，对婶子说："电话里边的事别跟别人说。我不相信金光家爸会动人家的东西。"村长老婆没有承诺不对别人说，她说的还是交钱的事，说有的人说的是改天送来，改着改着就没影了。宋家银听出来了，她今天若不及时交上一块钱，杨成方被抓走的事马上会传遍全村。她说："我再看看，兜里有没有赶集买东西剩下的钱。"其实她身上带的有钱，有一卷子零钱呢，她嫌村长老婆要钱太多，不想掏这个钱。作为要村长老婆替她保密所付出的代价，她才把一块钱从钱卷子里剥出来了。她说："巧了，兜里正好有一块钱。"

宋家银怎么办？她从小就听说过关于北京的声音这个词，这个词似乎和最新的消息最好的消息联系着，北京的声音近乎神圣，一听说是北京的声音，人们马上就得肃然起敬，同时要做好激动和幸福的准备。宋家银这次接到的电话，不能说不是从北京传过来的声音，但这个声音没给她带来什么好消息，也没让她觉得幸福无比，而是一下子把她击垮了。从村长家回到她家不算远，但她的腿软得如同被人抽去了大筋，像是走过了千里万里。回到家里，她往床上一栽，一口气才出来了，她说："我的娘啊，倒霉事咋都跑到我头上了呢！她听见了自己的哭腔，眼泪随即也下来了。老四出事时，她估计得轻。杨成方被抓，她估计得重。她估计，杨成方一被人家抓起来，就得判徒刑。要是杨成方被判个十年八年的，谁给这个家挣钱？她家的日子怎么过？村里人知道她男人成了罪犯，她的脸往哪儿搁？她今后怎么出门？还有她的一双儿女，一说他们的爸爸进了监狱，孩子怎么受得了？孩子的名誉怎么办？孩子的路怎么走？宋家银没有哭长，她爬起来找公爹去了。杨成方是她的男人，也是公爹的儿子，她认为公爹有责任搭救儿子。公爹也没有什么好办法，公爹带她到乡政府找房明燕的爹去了。房明燕的爹已从副乡长升到乡长，又升成了乡党委书记，成了全乡的第一把手。宋家银没有拒绝去找房明燕的爹。事情既然到了这般地步，救男人要紧，谁的手大抓谁的，谁的腿粗抱谁的。他们找房明燕的爹，没有通过房明燕。房明燕不在家，到油田找老三去了。房明燕生了孩子，孩子才一岁多，她就带着孩子到城里去了。油田已经建成了一座石油城。据说房明燕已给孩子在石油城里买下了户口，孩子算是城里人了，以后孩子上学，工作，都是在城里。房明燕在村里盖的砖瓦房还在那里，院子的门上锁着一把起了锈的铁锁。前几天，宋家银路过房明燕的家门口，还推开门缝往里张望过，只见院子里的地上长满了蒲公英，开了一层小黄花。宋家银认为，家里还是不能没人，如果人都走了，野草就把院子占了，院子就废了。天长日久，房子也会生病，倒塌。

公爹没有敢跟房明燕的爹拉亲戚关系，把亲家叫成房书记。宋家银也只好跟着叫房书记。房书记听宋家银说了杨成方的情况，说这没办法，谁都没办法。房书记的观点，在哪儿犯事也不能在北京犯哪！北京那是啥地方，一草一木都连着国家的心脏，你动一棵草，心脏就得跳几下，警察就得出动，人家不抓你抓谁！有些事，放在咱们这儿，也许不算什么事，放在北京，那就是大事，知道吧！公爹问，能不能花点钱，把看守杨成方的人买通一下，把杨成方的罪减轻一点。要是能把杨成方放出来，更好。房书记笑了，说："我怕你们拿着钱送不出去。北京的人都是见过大钱的主儿，你们递几个小钱儿，人家根本看不上，说不定连用眼夹都不夹。你们想多花点钱也麻烦，如果送钱送错了人，碰上一个铁面无私的，人家把你的钱没收了，再拿你一个行贿罪，你就得吃不了兜着走。"公爹和宋家银都被房书记的话吓住了，还没去北京，好像已经领教了北京的厉害。房书记大概及亲戚情面，最后总算没让公爹和宋家银失望。房书记说，他认识一个人，在北京一家报社当记者。他把记者的地址抄给宋家银，让宋家银去找找那个记者，先打听一下情况。

十一

宋家银把家托给公爹看管，只身到北京去了。她没有把家托给婆婆，她怕婆婆趁机挖她家的麦，卖她家的粮食。尽管如此，她还是在麦茭子里埋了几个鸡蛋，给麦子做了记号。她想到了，她外出期间，婆婆难免会到她家去，须知公爹和婆婆穿的是连裆裤，婆婆挖她家的小麦，公爹不会干涉。

从未进过大城市的宋家银，一来就来到了首都北京。一路上她惶恐得很，心里一点底都没有。到北京，她当然要先找杨二郎。杨二郎打电话让她来，她不找杨二郎找谁！杨二郎在北京拾破烂的年头比杨成方长得多，人家不抓杨二郎，却把杨成方抓起来了，这不合理。她乘坐的火车是一大早进北京城的，她找了一天，直到天快黑了，才找到杨二郎住的地方。她进了城，还得从城里退出来。她退了一程又一程，问问，离她要找的地方还很远。她原来想着，北京城会比他们的村庄大些，十来个村庄合起来，就大得不得了啦。不料想北京会这么大，恐怕一百个村庄合起来，也抵不上北京城的一个角，天哪！后来宋家银退到了城外，退过一片庄稼地，又退过一块菜园，才在一片垃圾场的旁边把杨二郎找到了。杨二郎住的是一间烂砖和油毡搭建的小棚子，棚子顶上压的还有塑料布和砖头。杨二郎说，这房子是当地人建的，租给他们这些拾破烂的人住。他和杨成方，还有另外两个人，合租这一间房。宋家银低下头进了棚子，见棚子的地上打着一个地铺，地铺上胡乱扔着几团被子。宋家银一眼就把杨成方的被子认出来了。尽管杨成方的被子旧得不能再旧，脏得不能再脏，烂得不能再烂，宋家银还是认出来了。那是一床粗布里粗布表的印花被子，杨成方在县城当临时工时，盖它；杨成方在郑州拾破烂时，盖它；来到北京，杨成方还是盖它。杨成方给家里寄回那么多钱，她用杨成方挣的钱盖了宽敞明亮的六间房。她还买了软床，床上的被子，铺一床，盖一床。可杨成方连床新被子都舍不得给自己买，杨成方太苦自己了。听说北方的天气到冬天是很冷的，在数九寒天，杨成方盖着这样一条渔网样的破被子，不知是怎样熬过来的。宋家银鼻子发酸，她有些心疼杨成方了。

　　杨二郎告诉宋家银，杨成方没拿人家什么值钱的东西，就是一个铝合金的梯子。人家用完梯子，把梯子暂时放在墙边。杨成方大概以为人家不要梯子了，就把梯子扛走了。谁知杨成方还没走出多远，就被戴红袖箍的治安联防队员看见了，联防队员就把杨成方扭送到派出所去了。杨二郎说，这些情况原来他也不知道，有一个老乡，那天跟杨成方一块儿出去拾破烂，抓走杨成方时他都看见了。宋家银问杨二郎，杨成方现在在哪儿。杨二郎说不知道。在那里拾破烂的也有女人。宋家银跟几个女人在一屋挤了一夜，第二天，她让杨二郎跟她一块去找那个记者。杨二郎不想去，他说他今天还有事儿，还要出去。杨二郎的事无非是拾破烂，无非是怕耽误他拾破烂。按辈数，宋家银应该喊杨二郎喊二叔，她说："二叔，北京这么大，我到这里两眼一抹黑，你不带我去，我到哪儿摸去。"杨二郎说北京这么多公共汽车，宋家银可以坐车。杨二郎还是想让宋家银自己去。宋家银有些生气，说："二叔，俺的人不知是死是活，让你帮助找个人打听，你推三推四的，有点说不过去呀！"杨二郎说，不是他不想去，他对北京也不熟，见了记者他也害怕，还有一个问题，坐车谁掏钱。宋家银明白了，原来船在这儿湾着。杨二郎每次回家都穿得人五人六，吹得七个八个，都以为他肥得流油了，原来这么小气，村里人来找他，他连个车票钱都不愿掏。宋家银说："坐车我掏钱，行了吧！"杨二郎说："谁掏钱问题不大，我是把丑话说在前头。"

他们坐汽车跑了很远的路，又换了两路汽车，七拐八拐，才来到那个记者所在的报社。报社门口有人把门，不让他们进。他们说了记者的名字，把门的人给记者打了电话，记者从楼上下来了。记者是个年轻人，穿着西装，打着领带，很板正的样子。他对宋家银和杨二郎说："我不认识你们哪。"宋家银赶快抬出房书记的牌子，说是房书记让找他的。记者点点头，说房书记，他知道。他问宋家银有什么事，说吧。记者没有带他们上楼，也没让他们去楼下的会客室，带他们到门外一侧站着去了。杨二郎果然拘谨得很，连话都不敢说。宋家银跟记者说了杨成方的事。记者认为不好办，人进去容易，出来难，他也没什么办法。他顶多帮助打听一下，杨成方关在哪里，所犯的是什么事，严重不严重。宋家银从兜里掏出一卷儿大票子，递向记者，让记者帮他打点。说她知道的，现在求人都得花钱。记者躲着身子，说："我怎么会要你的钱，我一分钱都不要。就这样吧，你们后天再来，我打听到什么情况，就告诉你们。"记者又说："其实你们不来也可以，给我打个电话就行。"他掏出一张名片，递给宋家银，说上面有他的电话。

往回走时，他们没有马上坐汽车，杨二郎带着宋家银走一些小街。杨二郎说是带宋家银看看北京的街，其实是为了替宋家银省点车票钱。他见宋家银攥着一卷儿钱，这样坐车也很危险，要是被小偷盯上就麻烦了。他一再对宋家银说："把钱放好。"宋家银把攥钱的拳头握紧再握紧，说放好了。走在小街上和住宅区，他们不时地能看见一个拾破烂的人。那些人都是一手提着特大号的蛇皮袋子，一手拿着一只钢筋窝成的小钩子。因为那些人只拾破烂，不拾人，所以他们一般不看人，只看墙角、地面和垃圾道的出口。一旦发现有人注意他们，他们匆匆地就躲开了。他们显然是这个城市的另类，这从他们的穿戴和面目上都看得出来。他们穿的衣服都不讲究，都很廉价，还有些脏污。他们的面目不是发黄，就是发黑，一个二个都显得很老相。他们不刷牙，也很少洗头。他们一张嘴牙还是黄的，头发还是黏的。所以他们尽量不张嘴，也尽量不抬头。那些人当中，有男的，也有女的。宋家银一看见那些女的，就认出跟她是同一个地方的人。只有她那地方的人，头上才包着一块带蓝道儿的毛巾，包头才是那样的包法。主要标志还是那些女人的脸型。宋家银也说不清那种脸型有什么特别的地方，她只觉得那种脸型有不少相同的地方，像是你模仿我，我模仿你，模仿成了一种带有标志性的模式。宋家银看见两个妇女在地上坐着啃干馒头。这种直接把屁股坐在地上的坐法，也是她们那地方所特有的。宋家银不敢多看那两个妇女，那两个妇女好像是两面镜子，她一看就从镜子里照见自己了。那两个妇女大概也认出了宋家银跟她们是同一个地方的人，并对宋家银跟一个男的同行有些疑问，就把两面"镜子"举起来，对着宋家银。宋家银不敢回头，赶紧走了。

又往前走了一段，他们看见一个老头拖着一个妇女，不知往哪里拖。老头着装整齐，显然是城里人。而那个妇女，一看就是在城里拾破烂的农村人。妇女突然往地上一堆，坐在那里不走了。老头认为妇女耍赖，使劲拉着妇女的一只胳膊往起拉，却拉不起来。妇女的垃圾包还在肩膀上挎着，铁钩子还在手里拿着，面色苍黄，恐惧得很。老头拉着妇女的胳膊不撒手，他说："大天白日，你敢偷东西，不行，跟我去派出所！"这时有人凑过去了，问怎么回事。老头说："人家单身职工在院子里晾的秋裤，被风吹得掉在地上了，她跳进栅栏，就把秋裤偷走了。她以为我看不见，我是干什么的！这座单身职工楼已经丢了好几件衣服了。"那妇女说："我不是偷的，我是在地上拾的。我还给你了。"老头说："还给我也不行，今天非得让派出所的民警好好教训教训你。说不定以前丢的衣服都是你偷的。"说着，老头又使劲拽妇女的胳膊，把妇女的胳膊拽得像一根拴羊的绳子一样。那妇女身子往上一长，两只膝盖冲老头跪下了，喊老头大爷，哀求老头，让老头放了她。老头大概没料到妇女会来这一手，会对他下跪，他不由地把手松开了。妇女以为她的下跪生效了，老头对她开恩了，不料，她爬起来要逃时，老头又一把将她逮住了。说来这老头真够负责的，无论那妇女怎样求饶，甚至冲他磕头，他就是不放人家走。老头一拉，妇女就下跪。停一会儿，老头又一拉，妇女又跪下去。宋家银和杨二郎不敢靠前，只在旁边看着这一幕。杨二郎几次小声催宋家银快走，宋家银没有走，她想看看事情最终会有什么结果。老头耍猴儿一样让妇女跪来跪去，事情老也不见结果，他们只好走了。宋家银想到了杨二郎带回家的那些衣服，不知杨二郎是不是使用和那妇女同样的方法拾来的。宋家银还想到了杨成方，杨成方也许就是这样被人家送到派出所去的。就是不知道杨成方给人家下跪没有。北京的地硬，不是石头地，就是水泥地，膝盖跪在地上是很疼的。宋家银不知道那妇女的膝盖疼成什么样，她还没有下跪，就似乎觉得自己的膝盖已有些隐隐的疼了。她原以为城里千般都是好的，没想到农村人到城里这样低搭，是跪着讨生活的。

第二天，宋家银就给记者打电话询问情况。记者没让宋家银失望，他告诉宋家银，他打听过了，杨成方是治安拘留十五天，到了天数，人家就会把杨成方放出

守望 / 2010年 / 249 cm×160 cm

乡亲 / 2010年 / 246 cm × 160 cm

来。宋家银和杨二郎算了算，杨成方已进去十三天，如果记者打听到的消息是真的，再过两天，杨成方就该放出来了。等到第三天中午，宋家银总算把杨成方等回来了。杨成方拾破烂大概拾习惯了，人家刚把他放出来，他还没有走回驻地，就开始了重操旧业。他拾到的有空矿泉水瓶子，有废报纸，还有一些硬纸壳子。由于没带拾破烂的蛇皮袋子，他就把拾到的破烂抱在怀里。杨成方见到宋家银，未免吃了一惊，问："你怎么来了？"这几天，宋家银想的都是杨成方对家里的好处和杨成方在外面所受的苦，酝酿了一些感情。她打算，等杨成方出来后，她要把感情使出一些，把杨成方安慰一下。她在电视上看见过，一些久别的亲人重逢后，都要互相抱一下，哭一鼻子。如果可能，她也要跟电视上的做法学一学。一见到杨成方，她所酝酿的一包子温和的感情不知跑到哪里去了，好像很快转化成一种不良的气体，气体脱口而出，她反问："你说我怎么来了？这都是你干得好事!"杨成方抱着的破烂脱落在地上,人一时像傻了一样。这时候的杨成方,怎么也应该哭一哭。从哪个角度讲,他也应该哭一哭。才四十来岁的人,杨成方的头发已白了大半。杨成方很瘦,脖子显得很细,人也越发的黑。杨成方额头上皱纹很深,眼角的皱纹也成了撮。杨成方的门牙掉了一颗,不知是自己跌落的,还是被人家打落的。他的两个门牙之间的牙缝子本来就宽,本来就关不上门,门牙这一掉,等于门掉了一扇,看去更简陋了,甚至有些破败。谢天谢地,杨成方这一次总算掉了眼泪。他这次并没有怎么努力,没有挤眼,也没有撇嘴,眼睛只是那么眨了眨,他的眼睛就湿了,眼泪就流下来了。杨成方的眼睛旱得太久了,老天爷是该赏给一点眼泪了。不然的话,一个人想哭哭,都哭不成,未免太可怜了。宋家银看见了杨成方的眼泪,杨成方的眼泪是金贵的,一见杨成方终于落了泪,宋家银的态度就转变了,刚才消散的温和感情回来了一些。她劝杨成方:

"好了，别难受了，只要人回来了就好。你不知道，这些天我的日子是咋过的，我的心一天到晚揪巴着，想哭都哭不出来。"这样说着，宋家银的鼻子一吸溜，眼泪流了一大串。她问杨成方："人家打你了吗？"杨成方摇摇头，说没有。杨成方问宋家银，他被人家抓走的事，是谁告诉宋家银的。宋家银说是杨二郎。杨成方顿时有些生气，他的头拧着，咬了牙，嘴角有些哆嗦，几乎骂了杨二郎。埋怨杨二郎多嘴，谁让他告诉家里人的。宋家银没见过杨成方生这么大的气，看来杨成方锻炼得可以了，不但会流眼泪，脾气也见长了。宋家银说："你不能埋怨杨二郎，人家也是一番好意。"

宋家银让杨成方去理发店理理发，刮刮脸，马上跟他一块儿回家。杨成方说："回家干啥，我不回去！"宋家银说："叫你回去，你就得回去。"杨成方不敢再犟嘴，但他说，离麦子成熟还早着呢，到收麦时他再回去也不晚。宋家银说："你以为我让你回去收麦子呀，我是让村里人看看你，你还活着呢！你知道不知道，村里人一听说你让人家抓起来了，说什么的都有。有的说你至少得蹲十年大牢，有的人说要枪毙你。"杨成方眉头皱了一会儿，像是费力思索了一下，同意回去。

十二

跟宋家银估计到的情况差不多，杨成方被抓的消息在村里一传开，加上宋家银到北京去找丈夫，村里的确议论得沸沸扬扬。几乎一致的意见是，杨成方这一回是犯下大案了，不杀头也得坐监。不知是谁说的，宋家银这次上北京，里面的衣服上缝了好多口袋，把家里所有的钱都带上了，她去北京是花钱托人，想从监里扒回杨成方的一条命。人们都愿意相信这话，相信宋家银确实负有那样的使命。同时人们认为，宋家银平时抠唆得很，连一根汗毛都舍不得出，这一次不是出汗毛的事，恐怕要出血了。杨成方为宋家银挣了那么多的钱，宋家银别说为杨成方花钱了，她把杨成方撺得成天价不着家，恐怕连杨成方的身子都没给搂热过。这一回，宋家银该在杨成方身上花点钱了。由此，村里人还议论到当地人在城里拾破烂的事。他们说，光靠拾破烂，挣不到什么钱，发财更谈不上。说是拾破烂，主要靠偷。拾破烂的人夜里都不睡觉，白天瞄好哪里有建筑工地，工地哪个角放的有建筑材料和脚手架子，后半夜就潜过去，偷人家的东西。逮什么偷什么。他们还制有挑竿子，见人家阳台上晾的有衣物，就用挑竿子给人家挑下来。过春节时，见人家窗外的窗台上放的有鸡鸭鱼肉，也给人家挑下来。他们偷红了眼，白天也敢偷，连人家正做饭的铝锅都不放过。因偷铝锅的细节比较生动，在村里传得最为广泛。说是他们拾破烂路过一家人家门口，拿眼往门里一瞥，见煤火炉上坐着一口铝锅，锅里正煮着面条。须知铝锅是可以当废品卖钱的。趁锅前无人，他们以最快的速度，拐进屋里，拎起铝锅，把里面的面条倒掉，把铝锅放在地上踩巴踩巴，踩扁，放在垃圾袋子里，走人。他们走出好远，还听见那家煮面条的人满屋子找锅呢。

宋家银和杨成方，是以衣锦还乡的面貌在村头出现的。脸上的表情，是树上的鸟儿成双对，夫妻双双把家还的表情。宋家银花了几十块钱，给杨成方买了一身化纤布的灰西装，还给杨成方买了一根红领带。杨成方从未穿过西装，更没系过领带，他因祸得福，鸟枪换炮了。可杨成方不愿穿西装，系领带。宋家银把他身上的烂脏衣服扯巴下来，就把西装给他套上了。宋家银说："你以为我打扮你呢，你哪一点值得打扮！我是为着两个孩子，借一下你的身子用用。"系领带时，宋家银把杨成方折腾得龇牙咧嘴，怎么系都不像那么回事。宋家银说："我看人家系领带，脖子里都系成一个大疙瘩，我怎么系不成大疙瘩呢！"杨成方说："我看别往脖子里系了，当裤腰带系算了！"宋家银说："放屁，系在裤腰上谁看得见！"杨成方吭吭哧哧，说："你干脆把我勒死吧。"宋家银毫不妥协，说："勒死你，你也得给我系上！"后来，还是杨二郎找到房东，请房东把领带系成一个套子，把套子给杨成方拿回来了。宋家银让杨成方把脑袋伸进套子里。上吊似地把活扣儿一拉，杨成方才算把领带系上了。为了和杨成方相配套，宋家银给自己也买了一件花格子上衣。

两口子赶到家时天还不黑，这很好。一路上，宋家银怕到家时天黑下来，那样，村里人就不能及时看到杨成方，她也没法开展宣传。她催着杨成方紧赶慢赶，到村头时总算拉住了太阳的一点尾巴。看见一个人，宋家银就笑着，朗声朗气地跟人家打招呼，让杨成方给人家敬烟，给人家点烟。人们看见装扮一新的杨成方，未免有些惊奇，未免多打量杨成方几眼。但他们把惊奇掩盖着，问宋家银和杨成方，这是从哪里回来。宋家银等的就是这种提问，她说："北京，我到北京去了几天。成

方说北京多好多好，打电话非让我去看看。"问话的人
对杨成方有些称赞，说成方行了，抖起来了。杨成方把
脖子里拴的领带摸了摸，他觉得有些出不来气。问话的
人对宋家银也有恭维，说："你也行呀，跟着成方，光
落个享福了。"宋家银不否认她跟着杨成方享福，她说
北京就是好，能到北京看看，这一辈子死了就不亏了。
宋家银就这样一路走，一路重复宣传这一套话。她要让
人们相信，杨成方没有被人抓过，她此次进京，也不是
为了花钱从监里往外扒杨成方，她是应杨成方的热情邀
请，到北京游览观光。也有人向宋家银提出疑问，不是
听说……宋家银不等人家把话说完，就说那是造赖言，
是杨成方怕她不去，才让杨二郎给她打电话，才编了瞎
话。她当众转向指责杨成方，说："什么样的瞎话不能
编呢，非要编那样的瞎话，不知道的，还真以为你犯了
什么事呢！"杨成方无话可说。他能说什么呢？

　　去了一趟北京，宋家银对城市有了新的认识，那就

是，城市是城里人的。你去城里打工，不管你受多少苦，出多大力，也不管你在城里干多少年，城市也不承认你，不接纳你。除非你当了官，调到城里去了，或者上了大学，分配到城里去了，在城里有了户口，有了工作，有了房子，再有了老婆孩子，你才真正算是一个城里人了。宋家银很明白，当城里人，她这一辈子是别想了。当工人家属，也不过是个虚名。现在工人多了，有没有这个虚名，已经不重要了。杨成方也指望不上。杨成方从县城，到省城，到北京城，现在又到了广州城，前前后后，他在城里混了二十多年。他混了个啥呢，到如今还不是一个拾破烂的。拾了半辈子破烂，杨成方自己差不多也快成了破烂，成了蝇子不舍蚊子不叮的破烂。总会有那么一天，城里人会以影响市容为理由，把杨成方清理走，像清理一团破烂一样。女儿杨金明初中毕业后，也到城里打工去了。女儿跟一帮小姑娘一起，去的是天津，是在天津一家不锈钢制勺厂给人家打磨勺子。对于女儿将来能不能成为城里人，宋家银觉得希望也不大。女儿文化水平不高，心眼子不多，长得也不出众，哪会轮到她当城里人。女儿每月的工资有限，吃吃住住，再买点衣服和洗头搽脸描眉毛的东西，所剩就不多了。宋家银对女儿说，她不要女儿的钱。但是有一条，以后女儿出嫁，她也不给女儿钱，女儿的嫁妆女儿自己买。说下这个话，她是要女儿学着攒钱，别花光吃光，到出嫁时还得吃家里的大锅饭。女儿在攒钱方面继承了她的传统，每隔一月俩月，女儿都会寄回一百二百块钱。女儿还知道顾家，春节回来时，女儿从天津捎回一大坨炼好的猪油。宋家银一看就乐了，说："你这个傻孩子，千里迢迢带这沉东西。如今芝麻榨的香油都吃不完，哪里吃得完这么多猪油！你在厂里造勺子，带回来几个小勺也好呀！"女儿也乐，让妈把猪油放进锅里，烧把火化化吧。宋家银把成坨子的猪油放进锅里化开，准备把猪油舀进一个罐子里。她用勺子在油锅里一搅，下面怎么哗啦哗啦响呢？兜底一捞，宋家银眼前一亮，捞上来的不是别的，正是不锈钢的小勺子。小勺子沉甸甸的，通体闪着比银子还要亮的银光，甚是精致，喜人。宋家银把小勺子捞出一把，又一把，一共捞出了十六把。勺子捞多了，宋家银喜过了，心上也有些沉。她想起杨成方被人抓走的事，对女儿说："以后别再拿厂里的勺子了，让人家检查出来就不好了。"

　　宋家银只有把全部希望寄托在儿子杨金光身上了。儿子的学习成绩还可以，第一次参加高考，只差二十来分够不到大学的录取分数线。宋家银让儿子回学校复习一年，来年再考。她有她的算法，通过复习，就算每个月补上两分，一年下来，二十多分就补上了。儿子不想再复习了，就是再复习一年，他也不能保证自己一定能考得上。儿子说，他要出去打工。为了教育儿子，宋家银哭了，哭得一把鼻涕一把泪，很伤心的样子。她数落儿子没志气，没出息。"打工，打工，你到城里打工打一百圈子，也变不成城里人，到头来还得回农村。"她拿拉磨的驴作比方，说驴也成天价走，走的路也不算少，摘下驴罩眼一看，驴还是在磨道里。她对儿子说，现在没有别的路了，只有上大学这一条路。儿子只有上了大学，才能转户口，当干部，真正成为城里人。宋家银不知听谁说的，进城打工的人，不管挣多少钱，都不算有功名，只有拿到大学文凭，再评上职称，才是有功名的人，才称得上是公家人。宋家银说，她这一辈子没别的指望了，就指望儿子能考上大学，给她争一口气。就是砸锅卖铁，她也要供儿子上大学。胳膊拗不过大腿，杨金光只得回学校复读去了。

在村里，宋家银不承认儿子没考上大学，她对别人说，杨金光考上大学了，只是录取杨金光的学校不够有名，不太理想，杨金光想考一个更好一些的大学。"现在的孩子，真是没办法。"杨金光上学住校，只有星期六星期天才回家来。儿子一回家，宋家银就把儿子圈羊一样圈起来，不让儿子出门，让儿子在家集中精力复习功课。天热时，她不让儿子开电扇，说怕电扇的风吹着了儿子的作业本子，影响儿子写作业。电扇本身也有声音，一开动吱吱呀呀的，对学习也不好。儿子不听她的，她刚一离开，儿子就把电扇打开了。一听见她的脚步声，儿子就把电扇关上了。宋家银说儿子是跟她打游击，说："一点热都受不了，你能学习好吗！"儿子顶了她，说："什么学习学习，你还不是怕费电，怕多交电费。"宋家银说："怕交电费怎么了？我就是怕交电费！家里的一分钱来的都不容易。为给你交学费，你不知道你爸在外边受的那是啥罪。等你爸回来你问问他，在外边几十年了，他舍得吃过一棍冰棍吗！你要是考不上大学，首先就对不起你爸爸！"杨金光把书本作业本一推，站起来出去了。宋家银问他去哪儿，他不说话。该吃晚饭了，儿子也不回家。宋家银这里找，那里找，原来儿子到老孙家看电视去了。她家只有一台很小

的黑白电视机，是杨成方拾破烂从广州拾回来的。电视
机的接收效果很不好，老是闪。就是这样的电视机，宋
家银也不让儿子多看。而老孙家的电视机是大块头的彩
色的电视机，要好看得多。宋家银一见杨金光在老孙家
看电视，电视上都是一些乱蹦乱跳的女人，她呼地一下
子就生了一肚子的气。这些气不知在哪里藏着，说生就
生出来了。好比单裤子湿了水，把裤腿扎上，用裤腰凭
空一兜，就装满了一裤裆两裤腿的空气。宋家银不能不
生气，一方面，儿子看电视耽误学习。另一方面，老孙
家有彩电，她家没彩电，儿子到老孙家看彩电，也显得
儿子太没志气。宋家银把满肚子的气按捺着，没有发
作，没有吵儿子。在这里吵儿子，她怕老孙家的人看笑
话。她装作温和地说："金光，吃饭了。"杨金光说："我
看完这一点，你先回去吧。"又停了一会儿，宋家银说：
"这有啥看头，走吧金光，回去吃饭。"杨金光的口气又
生硬，又不耐烦，说："我现在不饿，不想吃。"宋家银

几乎忍不住了，好像装了一裤子的气，几乎要把裤子撑破。但她在肚子里咬了咬牙，还是忍住了，她说："那我先回去了。"

当晚，宋家银和儿子都没吃饭。宋家银又哭了。儿子大了，她打不动儿子了。对儿子骂多了也不好，她的办法只有哭。她说："你要是不好好学习，别说对不起你爸爸，连你妹妹都对不起。"杨金光回学校复习一年，需要向学校交两千块钱的复读费。宋家银拿不出那么多钱，就把女儿杨金明寄回的钱拿出来添上了。她跟女儿说的是不动女儿的钱，把女儿寄回的钱都攒下来，以后给女儿置办嫁妆。手里一急，她只好把女儿的钱拿出来救急。杨金光大概没想到，他一个当哥哥的，花的竟是妹妹外出打工挣的钱。他的眼睛湿了，看样子像是受了触动。

有人给杨金光介绍对象，女方是杨金光初中时的同学。据说是女同学看上杨金光了，托人从中牵线。宋家银一口把人家回绝了。她对媒人说，杨金光不准备在农村找对象，杨金光上了大学，在城里工作以后，要在城里找对象，在城里安家。宋家银设计得很远，她说等她有了孙子，孙子自然就是城里人了。宋家银这样做是破釜沉舟的意思，等于把儿子的退路给堵死了，儿子只能前进，不能后退。

杨金光复读完了，却没有参加高考。高考前夜，他离校走了。临走前，他留给同学一封信，托同学把信寄给他妈妈宋家银。儿子说，他考虑再三，决定不参加高考了。万一今年再考不上，妈妈会受不了的。他决定还是出去打工，不混出个人样儿就不回家。他要妈妈不要找他，也不要挂念他。找他，也找不着。到该回去的时候，他一定会回去的。

宋家银把儿子的信收好，果然没张罗着去寻找儿子。有人劝她赶快到报社，到电视台，去登寻人启事，去发广告，她都没去。她不想让别人知道儿子的事，也不想花那个钱。她相信儿子能混好。

小说创作的实与虚

一

近年来，我多次应邀到鲁迅文学院、解放军艺术学院等学院讲文学创作。我讲的一个比较多的题目是《小说创作的实与虚》。从现场和之后的听众反应来看，效果还算可以。我事先没有写成讲稿，只是列了一个比较简单的提纲，根据提纲的提示来讲。我历来不愿意在讲座上念稿子。念稿子可能会显得正规一些，严谨一些，也省事一些。但念稿子也会让人觉得呆板，拘谨，并影响激情的参与和灵感的意外发挥。感谢鲁迅文学院，他们要把讲稿结集出书，就把我的讲课录音整理成了书面的稿子。现在我把这份稿子再作增删，交由《小说选刊》连载，以期和朋友们交流。

　　我为什么选择讲这个题目呢？我觉得这是我们中国作家目前所面临的一个共同的、带有根本性的、亟待解决的问题。或者说，你只要有志于小说创作，只要跨进小说创作的门槛，很可能一辈子都会为这个问题所困扰，一辈子都像解谜一样在解决这个问题。常听一些文学刊物的主编说起，他们不缺稿子，只是缺好稿子，往往为挑不出可以打头的稿子犯愁。挑不出好稿子的一个主要原因，是小说普遍写得太实了，想象能力不强，抽象能力缺乏，没有实现从实到虚的转化和升华。他们举例，昨天有人在酒桌上讲了一个段子，今天就有人把段子写到小说里去了。报纸上刚报道了一些新奇的事，这些事像长了兔子腿，很快就跑到小说里去了。更有甚者，某地发生了一桩案子，不少作者竟一哄而上，都以这桩案子为素材，改头换面，把案子写进了小说。这些现发现卖的同质化的小说，没有和现实拉开距离，甚至没有和新闻拉开距离，只不过是现实生活的翻版或照相，已失去了小说应有的意义和存在的价值。

我自己也是一个写小说的作者，听了主编们的议论，我难免联想到我自己。我不想承认也不行，在初开始写小说时，我的小说写得也很实。有编辑朋友对我提出，说我的小说写得太实了，说做人可以老实，写小说可不能太老实。还有作家朋友教导我：庆邦你要敢抡，抡圆了抡，让读者糊里糊涂跟你走，到底也不知道你抡的是什么。这样的教导让我吃惊不小，我也想抡，可没有抡的才气怎么办呢？我也有些不服，在心里替自己辩解，老实和诚实相差大约不会太远，老实不会比浮华更糟吧。我出第一本中短篇小说集时，没有请人为集子作序，是我自己为小说集《走窑汉》写了一个序，序言的题目就叫《老老实实地写》。我那时有些犯拧，也是自己跟自己较劲：你们不是说我写得太实吗，我就是要往实里写，就是要一条道走到黑。随着写作的年头不断增长，随着对写作的学习不断深入，加上对自己的写作不断提出质疑，我越来越认识到，写小说的确存在着一个如何处理实与虚的关系问题，写小说的过程，就是处理实与虚关系的过程。只有认识到虚写的重要，并牢固树立自觉的虚写意识，自己的创作才可能有所突破，并登上新的台阶。

和西方国家的小说比起来，我们的小说为什么写不虚呢？我想来想去，无外乎以下几个方面的原因。文学不是哲学，但文学创作离不开哲学的滋养和支持。我们的小说之所以写不虚，首要的原因，是我们缺乏务虚哲学的支持。从我国的哲学传统来看，应该说老庄时期的哲学还比较崇尚务虚，有着一定务虚的性质。老子讲究无为，讲究道法自然，信言不美；庄子主张人生是一场逍遥游，他和惠子关于"子非鱼"和"子非我"的一系列争论，都很有意思，表现出对务虚的乐趣。到了孔孟的哲学，其主要内容围绕"修身、齐家、治国、平天下"展开，就成了实用主义或功利主义哲学。这种哲学被推到"独尊"的位置，久而久之，必然影响到我们的创作。第二个原因是，自五四新文化运动以来，我们所沿袭的主要是现实主义的创作路子，现实主义写作一直是文学创作的主流。其间虽然有一些类似现代、荒诞、魔幻、意识流的作品穿插进来，但总是没有形成气候。现实主义和浪漫主义相结合的创作手法，也被大张旗鼓地提倡了一阵子。我理解，这种结合就是"实与虚"的结合之一种，如果结合得好，有望生长出不错的作品。然而一旦进入创作实践，强大的"现实"老是压弱小的"浪漫"一头，"浪漫"怎么也"浪漫"不起来。第三个原因，是我们不尚争论。从某种意义上说，争论就是一种务虚的方式。有些事情通过争论，才能产生思想的碰撞，并激起思想的火花。魏晋时期的竹林七贤，比较热衷的一件事情就是争论。他们把争论叫作清谈。后来把清谈上升到清谈误国的高度，就不许再争论了。原因之四，是我们的文字不同于西方的文字。我们的文字是形象化的，是具象的，可以说每一个汉字都是一个结结实实的实体。我们的文字当然是优秀的文字，它是我们中华民族的文化基因，是中华文明的伟大载体。许多辉煌的典籍都是由汉字著成的。可是，我们的汉字在某种程度上也局限了我们的思维，使我们长于形象思维，而抽象思维的能力相对就弱一些。而西方的拼音字母是简单的，字母本身似乎就是一种抽象的东西。他们借助那些抽象的符号进行思维，时间长了，在不知不觉间就养成了抽象思维的习惯和能力。而抽象思维，体现的正是务虚的思维。

认识到了我们务虚的弱势和局限，并不是说算了，我们放弃务虚吧，恰恰相反，这更能激发起我们务虚的热情，促使我们从务虚方面更加不懈努力。因为对小说创作而言，小说的本质就是虚构，就是务虚。或者说，写小说就是真真假假，虚虚实实；以实写虚，以虚写实；实中有虚，虚中有实；在实的基础上写虚，在虚的框架内写实。汪曾祺在评价林斤澜的小说时，说林斤澜的小说"实则虚之，虚则实之；有话则短，无话则长"，正是对小说创作之道的高度概括。前面提到，老子说过信言不美。按一般理解，是说花言巧语不可信，不好听的话才可信。若从文学创作的角度来理解，我觉得老子这句话大有深意，他的意思是说，凡是真实的东西都不美，只有虚的不真实的东西才是美的。英国的唯美主义作家王尔德的说法，印证了我对老子这句话的理解。王尔德说：叙述美而不真之事物，乃艺术之正务。我国的京剧大师梅兰芳有一句名言，叫不像不是戏，太像不是艺。大师一语所道破的，正是所有艺术创作实与虚的辩证关系。举例来说，一个演员在台上演悲戏，该悲不悲，该戚不戚，就入不了戏。如果在台上哭得泪流满面，一塌糊涂，那就大煞风景，不是艺术了。我们都知道，我们所推崇的一些事物，都是想象和虚构出来的，在现实社会中是不存在的。比如龙，我们见过蛇，见过其他身披鳞片的动物，可谁见过龙呢！龙却是我们中华民族的象征，我们都被说成是龙的传人。比如凤凰，我们见过喜鹊，见过孔雀，可谁见过凤凰长什么样儿呢？正是谁都没见过，人们才可以尽自己的想象，把它往美里塑造。

　　进入小说的操作阶段，在实与虚的步骤上，我把小说的写作过程分为三个层面：第一个层面是从实到虚；第二个层面是从虚到实；第三个层面是从实又到虚。我这么说可能有点儿绕口，但这的确是我从几十年的创作实践中总结出来的，它逐步升级，一层比一层高，一层比一层难。从实到虚，是看山不是山，看水不是水。第二个层面，看山还是山，看水还是水。到了第三个层面呢，山隔一层雾，水罩一片云。从实到虚，是从入世到出世；从虚到实，是从出世再入世；从实再到虚呢，就是超世了。

　　说到这里，我必须赶紧强调一下，或者说必须给虚下一个定义。我所说的虚，不是虚无，不是虚假，不是虚幻，虚是空灵、飘逸、诗意，是笼罩在小说世界里的精神性、灵魂性和神性。

我这样讲，朋友听了，可能还是有点儿云里雾里，不明就里。我要把实与虚的转化过程讲明白，必须举一些小说的实例，从理论与实践的结合上具体加以分析。我会举一些自己的小说来剖析。我的小说在实与虚关系的处理上，可能做的并不是很好，并不是很完美，但因我对自己的小说比较熟悉，讲起故事情节方便些，请朋友们能够谅解。

二

我先讲第一个层面，从实到虚。实是什么？实是现实，是存在，是生活，也是一个人的阅历、经历和人生经验的积累。实对创作来说，是源，是本，一切文学创作都是从实出发，都是从实得来的。如果离开了实，创作就成了无源之水，无本之木，就无从谈起。换句话说，一切虚构都是从实处得来，没有实便没有虚。我打个比方，飞机起飞，先要在跑道上跑一段，并逐渐加速，才能起飞。这个跑道就是实的东西。鹰的翱翔也是同样的道理，它不会凭空起飞，起飞前需要有一个依托，双脚在山崖上或枯树上一蹬，翅膀才能展开。树和山崖就是起飞的基础。人的生命和做梦的关系，也是一组实与虚的关系。每个人做梦，都是对生命个体的一种虚构。梦的边界是无限的，可以做得千奇百怪，匪夷所思。但梦有一个前提，梦者必须有生命的存在，如果没生命了，就再也不会做梦了。树和树的影子，必须是先有树，再有树的影子。在不同时段，树的影子有时长，有时短；有时粗，有时细，变化很多。但它万变不离其树，树的存在才是树影赖以变化的根本。我这里反反复复说明实的重要，是想提醒从事写作的朋友们，还是要劳其筋骨，饿其体肤，在生活积累上下够功夫。老子说过，实为所利，虚为所用。我们利用砖瓦、水泥、钢筋等建筑材料，建设了一座房子，房子里面的空间，是为我们所用的。而我们要想得到空间，得到虚的东西，建筑材料作为实的东西，还是第一性的。

我举的第一个例子是我的一部中篇小说《神木》。通过这部小说，我来回顾一下，是怎样把从现实生活中得来的一块材料变成小说的。这部六万多字的中篇小说首发在《十月》文学杂志2000年第3期，之后，《小说选刊》《小说月报》《中华文学选刊》都转载了这部小说。这部小说还先后获得了第七届《十月》文学奖和第二届老舍文学奖。作为一部小说，如果它的影响还很有限的话，后来被李扬拍成了电影《盲井》，其影响就扩大了一些，扩大到全世界去了。《盲井》获得了柏林第53届国际电影节最佳艺术贡献银熊奖之后，在美国、法国、意大利、荷兰等国，又陆续获得了二十多个奖。随着电影影响的扩大，英国、法国、意大利都为《神木》出了单行本。如果连电影也没看过，我说一个电影演员，大家应该知道，王宝强。王宝强就是演《盲井》的其中一个角色出道的。在此之前，他和一帮人天天守候在北京电影制片厂门口，期待着能在某部电影中当一个群众演员，当上了，可以挣一个盒饭，十块钱。当不上，就要饿肚子，挺盲目的，也挺可怜的。导演李扬发现了他，把他拉进了剧组。他得了金马奖的最佳新人奖之后，应邀演了不少电影和电视剧，很快火了起来。2010年春天，我在美国西雅图参加国际写作计划期间，美国人专门为我放了一场《盲井》。在看电影期间，一些美国胖老太太吓得直哆嗦。看完电影，她们好像仍心有余悸，问我：真有这样的事吗？这故事是真的还是假的？我的回答是：有真也有假，有实也有虚。

这是发生在煤矿的一个故事，或者说是一个案例。上个世纪的八九十年代，我国各地在地球上戳了很多黑窟窿，开了很多小煤窑。一些农民纷纷放下锄头，拿起镐头，到小煤窑打工，挖煤。他们每天冒着危险，累死累活，却挣不到多少钱。因为窑主对他们盘剥得非常厉害，他们挖出的煤，换来的钱，大都流进窑主的保险柜里去了。可是，窑工一旦在窑下发生死亡事故，窑主会给窑工的家属一点补偿，少则几千元，多则上万元。有人看到拿死人换钱比较容易，可以让窑主出点血，就起了杀机。他们一般是两人结伙，把另外一个黑话称为点子的打工者骗来，给点子改名换姓，其中一人装成点子的亲爹亲叔或亲哥，把点子骗到窑下，装模作样地干几天，就把点子打死了。按照分工，装成点子亲人的人负责哭，哭得声嘶力竭，颇像那么回事。另一个人负责和窑主交涉，要求报官，还假装让死者老家的村长来，支书来。一般来说，窑主不愿意报官，不愿意官了。官了要罚款，要吃喝，要送礼，还要停产整顿，会造成许多麻烦和更大损失。而私了就是直接拿钱解决问题，要省事省钱许多。他们号准了窑主这种心理，表面上虚张声势，目的是诈钱，私了。通过私了拿到钱，他们把死者的骨灰盒随便找个废井筒子一扔，接着物色下一个点子，继续拿人命换钱。那些死者死无葬身之地，都是真正的屈死鬼。之所以案发，是两个家伙撞到枪口上了。辽宁西部某煤窑的一个窑主，原是干公安的，下海当了窑主。他开的煤窑正在打井筒子，还没有见煤，就出了死亡事故。当打死人的家伙向他要钱时，他极不情愿，也有些怀疑，就用审案的办法把对方审了一下。这一审，一个惊天大案暴露出来。案子一个连一个，类似的案子已在陕西、河北、内蒙古、山西、江苏等地发生了许多起，四十多条无辜的生命被剥夺。那时我还在《中国煤炭报》工作，煤炭报为此发了一篇几千字的长篇通讯，题目叫《惨无人道的杀戮》。这个案例让我受到强烈震撼！这是弱肉强食，是大鱼吃小鱼，小鱼吃虾米，虾米吃泥巴。通过这种案例，可见人的心灵被金钱严重扭曲，导致有些人对金钱的追求到了一种何等丧心病狂的程度。这是多么可怕的社会现实。

　　心灵受到震撼之后，我有些按捺不住，想把这个案例写成小说。并不是说我的社会责任感有多么强，也不是说我批判现实的意识有多浓，一个简单的想法是，我不满足于把这种案例仅仅停留在纪实的报道上，想换一种方式，让它传播得更广泛一些，更远一些，为更多的人所知。当然了，我会借小说表达自己的一些思考。在古今中外的小说中，把一些案例变成小说的情况并不鲜见，关键是看怎么变。如果仅仅是拉长情节，增加细节，把新闻语言变成文学语言，把篇幅从几千字抻到几万字，虽然也算变成了小说，但这样的小说有什么意义呢，实质上和报道有什么区别呢！人家看小说，与看报道所得到的信息量是一样的，有什么必要再点灯熬油地看小说呢！我一直认为，文学与新闻有着本质上的区别。我曾讲过另外一个专题，就是文学与新闻的区别。

我把区别分为十多种，其中最主要的区别是：新闻是写实，文学是虚构；新闻是信，文学是疑；新闻是客观，文学是主观；新闻是写别人，文学是写自己；新闻是逻辑思维，文学是形象思维；新闻使用的是大众传播语言，文学语言是心灵化的、个性化的等等。基于这些认识，我必须把这个素材打烂，重组，用一条虚的线索，把整个故事串连起来，带动起来。可我冥思苦想，怎么也找不到那条虚的东西。在没有找到虚的东西之前，我决不动笔。我知道勉强动笔也没有方向，不会有好结果。反正素材在那里放着，又不会烂掉，对它不舍不弃，继续想象就是了。

事情过去了一年多，有一年秋天，我到河北某个煤矿采访，看到路边有些中学生放学后背着书包回家，他们或一个人骑一辆自行车，或两个人骑一辆自行车，或者步行，在我乘坐的汽车外一闪而过。看到那些中学生，我脑子里灵光一闪，心说有了，我那篇小说可以写了。找到虚构的线索之后，我禁不住有些激动，以致手梢都有些发抖。这条虚构的线索是什么呢？我要安排一个高中生去寻父。两个坏家伙把一个老实巴交的窑工打死了，死者正是这个高中生的父亲。过年了，父亲没有回家，一点儿音信都没有。高中生等着父亲挣回来的钱交学费，交不起学费，学就没法继续上。无奈之下，高中生只好中断学业，背上铺盖卷儿和书包，并带上全家福照片，走上了一边打工、一边寻父之路。在我的想象里，两个坏家伙把高中生的父亲打死之后，在物色下一个点子时，在火车站与这个高中生不期而遇，就把这个高中生带走了，带到偏远的地方一个黑咕隆咚的煤窑里了。于是，一系列惊心动魄的故事情节在这里拉开了大幕。

在原始的素材中，没有这样一个孩子，这孩子的出现，完全是我虚构出来的。他是整篇小说的虚构点，也是故事情节的生长点，有了这个孩子的加入，可以说把整篇小说都盘活了。首先，我是从现实故事结束的地方，另起炉灶，开始我的小说意义上的故事。这样，小说就摆脱了现实的樊篱，与现实拉开了距离，进入了海阔天空的虚构空间。其次，我拿孩子未受荼毒的、纯洁的心灵，与两个阴暗的、歹毒的心理相对照，小说的明暗关系就鲜明一些，不至于铁板一块。更重要的是，在怎样对待孩子的问题上，我让两个家伙产生分歧，发生内讧，一切按我的逻辑行事，而不受现实逻辑的束缚，我建造心灵世界主观愿望就可以实现。

三

有了虚拟的线索，或虚构的框架，不等于我们已经拥有了小说。要把小说落实，创作就进入了第二个层面，从虚到实。如果说第一个层面是想象、构思和规划，第二个层面就是实战、实证和具体操作。与任何建设项目一样，我们有了蓝图还不够，还要把它变成写在大地上的宏图。往小了说，我们仅仅做成了一副鞋底的样子还不够，这个鞋底还是虚泡的，还是样子货，我们必须拿起针线，通过一针一线、千针万线，把鞋底纳得结结实实，鞋底上才能上鞋帮子。

考验我们写实能力的时刻到了，面对洁白的稿纸，我们难免有些紧张，迟迟不敢写下第一个字，第一句话。这时候，我会对自己说，放松，放松，不要紧张，慢慢来！这样说过之后，我的心情会放松一些，并找到了自己行文的节奏。但我对文字的敬畏之心犹存，仍不敢有半点马虎。写实作为一个写作者的基本功，它有些类似画家的素描和写生。一个画家如果没受过素描、临摹和写生方面的长期训练，上来就让他创作一幅画，那是不大可能的。作家也是一样，他的写实的功底是经过长期勤学苦练积累下来的，没有任何捷径可走，没有哪一个人生下来就会写作。我们判断一个作家的写实功底如何，有时不必把他的一部书全部看完，只看看开头部分或个别章节就可以了。因为写实必用文字，文字里必带出他的功夫和气质，他一出手，就可以看出水平如何。

不是每个人都具备写实能力。有的人口才很好，能把故事讲得云里雾里，天花乱坠。你建议他把故事写下来，可一写就不行，不像那么回事。还有一些眼高手低的人，他看别人的小说，好像都不太看得上眼。那么有人就说，你来写一篇试试。他一写，十有八九抓瞎。这些道理都说明，写实是一件扎扎实实的事，来不得半点偷懒儿、虚假和耍花活儿。你尽可以想象，尽可以虚构，但是紧接着，你必须使用写实的逻辑，来证明你的虚构是合情合理的，是真实的，是能够自圆其说。哪怕你虚构了一匹马的脖子上长了一个人头，这没关系，下一步你得用细节证明这匹人头马确实存在才行。否则，读者不认为你是荒诞，而是荒谬，是瞎编。

那么，我们怎样才能够把虚构的东西作实呢？很简单，就是写我们所熟悉的生活。这话听起来有些老生常谈，但常谈不衰的话很可能含有真理的性质。有记者问我：你为什么老是写农村和煤矿的生活呢？我说：因为我对这两个领域的生活比较熟悉呀！我在农村长到十九岁，锄地耙地，挑水拾粪，割麦插秧，放磙扬场，啥样的农活儿我基本上都干过，写起来不会掉底子。我在煤矿干了九年，掘进工、采煤工、运输工，主要工种也都干过，说起煤矿上的事，谁想蒙我不太容易。熟悉什么，只能写什么。你让我写航天，写航海，打死我，我也写不来。

我一再说过，写作是一种回忆状态，是激活和调动我们的记忆。人有三种基本能力，体力、智力、意志力。智力当中又分为三种基本能力，记忆力、理解力、想象力。作为一个写作者，记忆力是第一位的。从某种意义上说，我们的写作就是为个人保存记忆，也是为我们的民族保存记忆。一个人如果失去记忆，这个人无疑就是一个傻子。一个民族失去记忆更可怕，有可能重蹈灾难的覆辙。关键是，我们记忆的仓库里要有东西，要有取之不尽的东西，写作时才能手到擒来。一个人如果没什么经历和阅历，记忆的仓库里空空如也，你能指望他写出什么像样的东西呢！

我们所调动的记忆，不一定都是什么大事件，大场面，大动作，更多的是一些日常生活的常识。曹雪芹在《红楼梦》一开始写到一副对联，上联是：世事洞明皆学问，下联是：人情练达即文章。这副对联看似简单，实则大有深意，耐人咀嚼。什么是文章呢，人情练达即是文章。我理解，所谓人情练达，就是你必须懂得人情世故，熟知日常生活中的常识。说白了，你如果没下厨做过饭，就很难写出油盐酱醋的味道。你如果没谈过恋爱，就很难写出恋爱的真正滋味。你如果没结过婚呢，写婚姻生活也会捉襟见肘。当然了，一个人的生命有限，经历有限，我们不可能把人世间的生活都经历一番。但在这里我还是想忠告朋友们一句，知之为知之，不知为不知，还是要抱着学习的态度对待写作。比如我曾写过一篇涉及养蚕的小说。我小时候看见过母亲和姐姐养蚕，但自己没养过，对养蚕的整个过程不是很熟悉。我就向母亲请教，让老人家对我详细讲解养蚕的过程和细节。有母亲给我当老师，我写起养蚕心里就踏实多了。再比如我写过一篇关于童养媳的小说。我听说有一个当婆婆的对童养媳很苛刻，要求一个才八九岁的童养媳每天必须纺一个线穗子，纺不成就不许睡觉。白天，小女孩光着膀子在树下纺线。夜晚，小女孩在月亮地里纺线。我吃不准，一个小女孩一天能不能纺一个线穗子。我大姐虽说没当过童养媳，但她也是刚会摇纺车就开始纺线。我给大姐打电话，问一个人一天能不能纺一个线穗子？大姐说可以，在起早贪黑的情况下可以纺一个线穗子。噢，这样我心里就有数了，就敢写了。

要把虚构的东西写实，写得比真实的生活还要真，比真实的生活还要有感染力，这不仅要求我们写得细节真实，情感真实，符合常识，更重要的是，还要做到心灵真实。写每篇小说，我们都要找到自己，找到自己真实的内心，并通过抓住自己的心，建立和这个世界的联系，继而抓住整个世界。当一个人有了生命意识即死亡意识的时候，心里是很恐惧的，像落水的人急于抓到救命稻草一样，急于抓到一些东西。有人急于抓到房子、汽车，有人急于抓到金钱、宝石，女的急于傍到大款，男的急于找到小蜜，等等。抓来抓去，都是一些物质性的东西。到头来怎么样呢，是一场空，我们什么都抓不到。这一点，曹雪芹在《红楼梦》的"好了歌"里早就说得很明白。"好了歌"里涉及金钱、权力、妻子、儿女等，也都是物质性的东西。好就是了，什么都没有，白茫茫一片大地真干净。那么，人到世上走一遭，真的什么都抓不到吗，一点儿东西都不能留下吗？我的看法，还是可以抓住一些东西的，这就是抓住自己的内心，再造一个心灵世界。我们之所以热爱写作，不放弃写作，其主要的动力就源于此。曹雪芹通过写《红楼梦》，抓住了自己的内心，也抓住了全世界所有人的心，遂使《红楼梦》成为不朽的世界名著。老子说过，死而不亡者寿。曹雪芹虽然死了，但他所创作的作品将永葆艺术青春，永远不会消亡。

回头再说《神木》这篇小说，在写作过程中，我也是力图找到自己，找到自己的内心与小说中人物内心的联系，并设身处地地为人物着想，力争把小说中的人物写得活灵活现，贴心贴肺。小说中的那个孩子，还没长大成人就失去了父亲。我也是从小就没了父亲，成了没爹的孩子。在这一点上，我比较能够理解那个孩子的心情。我很喜欢上学，学习成绩也不错，一心一意想上大学。可文化大革命粉碎了我的大学梦，我初中还没有读完，只得中断学业，回乡务农。按我的理解，那个因交不起学费而中断学业的孩子也非常爱学习，所以在寻父打工的路上，他除了带铺盖卷儿，还背上了自己难以割舍的书包。打工之余，他还在读自己的课本。这些细节看似在写别人，其实都是在写我自己。小说中还有一个细节，有好几个朋友读到后都跟我提起过，都引起了回忆和共鸣。两个坏家伙逼着那个男孩子到路边的按摩店去按摩，男孩子失贞后非常伤怀，哭得一塌糊涂。男孩子哭着说自己完了，变坏了，变成坏人了，没脸见人了，甚至要去死。我们通常看文艺作品，知道女孩子把失贞看成人生的大事情，好像从此变成另外一个人似的，相当伤怀。其实好多女的不知道，男人是一样的，男孩子的第一次一点儿也不比女孩子好受。这是我自己的体会，就是光想哭的那种感觉。这也说明，作品要达到心灵真实，作家是要付出血本的。

四

　　我所说的小说创作的三个层面，是步步登高的三个层面。但三个层面并不是孤立的，截然分开的，而是你中有我，我中有你，互相紧密联系在一起，最后通过完成的小说，浑然形成一个完美的整体。

　　从实再到虚，是一个比较高的层面，要达到这个层面是有一定难度的。有的作家点灯熬油，苦苦追求，都很难说达到了这个层面。在我的有限的阅读经历中，能让我记起的达到"太虚"境界的小说不是很多。如果让我推荐的话，外国作家的小说，我愿意推荐海明威的《老人与海》和契诃夫的《草原》。中国现代作家的小说，我愿意推荐鲁迅的《阿Q正传》和沈从文的《边城》。而我国当代作家的小说呢，我觉得史铁生的《务虚笔记》、刘恒的《虚证》还有阎连科的《年月日》等在虚写方面做得比较成功。特别是沈从文的《边城》，我看了不知多少遍。每看一遍，都能激起新的想象，并得到灵魂放飞般的高级艺术享受。《边城》是经典性的诗意化小说，可以说整部小说都是用诗的语言写成的，堪称一部不分行的诗。朋友们可能注意到了，我所推荐的以上几篇小说，之所以达到了小说创作的高境界，是它们都具备了以下几个特点。第一，小说是道法自然的，与大自然的结合非常紧密，都从大自然中汲取和借喻了不少东西，从而使小说得天地之灵气，日月之精华，雨雪之润泽，实现了和谐的自然之美。第二，小说从大面积的生活中抽象，抽出一个新的、深刻的理念，然后再回到生活中去，集中诠释这个理念，完成了对生活的高度概括。第三，这些小说的情节都很简单，细节都很丰富。它们不是靠情节的复杂多变取胜，而是靠细节的韵味引人入胜。沈从文在自我评价《边城》时就曾经说过：用料少，占地少，经济而又不缺少空气和阳光。第四，这些小说都在刻画人物上下足了功夫，人物不但情感饱满，而且有人性深度。

我自己的小说，不敢与上面的小说相提并论。但当我逐步确定了虚写的意识之后，在虚写方面也下了一番功夫，并取得了一定成果。如果让我举例的话，我愿意举一些自己的短篇小说，如《梅妞放羊》《响器》《遍地白花》《春天的仪式》《红围巾》《夜色》《黄花绣》等等，大约能举出十多篇吧。我所列举的这些篇目，都是短篇小说，没有长篇小说和中篇小说。我自己觉得，在小说的务虚方面，我写短篇小说做得稍好一些。还有，我所举的这些例子都是农村题材，没有煤矿题材和城市题材。这是因为，我离开农村已经多年，已与农村生活拉开了距离。我所写的农村生活的小说，多是出于对农村生活的回望。这种回望里有对田园的怀念，有诗意的想象，也有乡愁的成分。近处的生活总是实的，而远方的生活才容易虚化，才有可能写出让人神思渺远的心灵景观。

　　我们对小说的虚写有了理性的、清醒的认识，是不是说以后每写一篇小说都能达到虚写的效果呢？我的体会是，不一定。因为现实像地球的引力一样，有着强大的吸引力和纠缠力，现实像是一再拦在我们面前，让我们写它吧，写它吧，我们一不小心，就会被现实牵着鼻子走，并有可能掉进实写的泥潭。反正我并没有完全摆脱现实的诱惑和纠缠，加上抽象能力有限，不能超越现实，有些小说仍然写得比较实。为了给自己留点儿面子，这里就不举具体的例子了。

　　那么，在《神木》这篇小说里，从实又到虚做得怎么样呢？这个层面体现在哪里呢？是否做到了从实又到虚的转化和升华呢？我可以负责任地说，在从实又到虚的转化和升华中，我还是做出了自觉的、积极的努力，给小说揉进了一些虚的东西，使虚的东西成为推动小说向前发展的动力，并最终主导了这篇小说。在这篇小说当中，虚的东西是什么呢？是理想，是我的理想，也是作为一个作家应有的理想主义。我一直认为，人类的发展，社会的进步，民族的复兴，包括个人的前途，都离不开理想的引导和推动。理想好比是黑暗中的灯火，黎明前的曙光，一直照耀着人类前行的足迹。作家作为人类精神和灵魂的工作者，工作的本质主要是劝善的，是改善人心的。他有时会揭露一些丑恶的东西，其出发点仍是善意的，是希望能够消除丑恶，弘扬善良。所以作家应始终高举理想主义的旗帜，在任何时候都不放弃自己的理想。

在现实生活中，那两个拿人命换钱的家伙，直到东窗事发，才停止了罪恶行径。我不能照实写来，那样的话，就显得太黑暗了，太沉闷了，也太让人感到绝望。我必须用理想之光照亮这篇小说，必须给人心一点希望。从全人类的现状来看，在工业化飞速发展的今天，头脑高度发达的人类似乎已经无所不能，人类能上天，能入地，能潜海，还能克隆牛，克隆羊，克隆人等。可以说人类在科技层面是大大进步了，甚至每天都有发明创造，每天都有新的进步，仿佛整个地球都容不下人类了。可是人的人心呢？人的灵魂呢？是不是也在随着进步呢？大量事实表明，人心进步一点非常艰难。科学技术的进步有时不一定能改善人心，反而把人性的恶的潜能激发出来，导致资源争夺不断，局部战争不断，汽车炸弹爆炸不断。这时作家的责任就是坚持美好的理想，提醒人们，不要只满足于肉身的盛宴，还要意识到灵魂的存在，让灵魂得到一定关照，不致使灵魂太堕落。我给小说起名《神木》，除了早期有些地方不知煤为何物，把煤称为神的木头，也是想说明世界上任何物质都有神性的一面，忽略了物质的神性，我们的生命是不健全的，生活就会陷入愚昧状态。有了神性的指引，生命才会走出生物本能的泥潭，逐渐得到升华。

在《神木》这篇小说中，我的理想体现在有限制、有节制地写了其中一个人的良心发现和人性复苏。一个人急于把骗来的孩子打死，另一个人却迟迟下不了手。这个人也有孩子，他的孩子也在读书。由自己的孩子联想到被骗来的这个孩子，他对这个孩子有些同情。他想，他们已经把这个孩子的爹打死了，如果再把这个无辜的孩子打死，这家人不是绝后了嘛，这样做是不是太残忍了。所以他找多种借口，一次又一次把打死孩子的时间推迟。他说，哪怕是枪毙一个犯了死罪的死刑犯，在枪毙之前，还要给犯人喝一顿酒呢，他建议让这个孩子也喝一顿酒。酒喝过了，他又说，这个孩子长这么大，连女人是什么味都不知道，带他去按摩一次，让他尝尝女人的味吧。于是，他们又带孩子去了矿区街边的按摩店做了按摩。至此，这个人可以把孩子打死了吧。按照这次分工，这个人负责把骗来的人打死，另外一个人负责和窑主交涉，要钱。可是，他还是不忍心把这么一个纯真的孩子活活打死。后来，他在井下做了一个假顶，也就是用木头支柱支起一块悬空的大石头，准备在适当的时候让石头掉下来，把这个孩子砸死。这样在不知情的人看来，这个孩子是被冒顶砸死的，不是因为别的原因死的，他心里会好受一些。在他冒着危险做假顶时，另一个人不但不帮忙，还站在一旁看他的笑话，讽刺他，说他是六个指头挠痒，多这一道。他把假顶做好后，另一个人来到假顶下面，说要试一试假顶做得怎样。他说可不敢试，弄不好，他们两个就会被砸在下面。说着，他用镐头对另一个人甩了一下。这一甩，尖利的镐尖打在了另一个人的耳门上，耳门那里顿时出了血。另一个人以为对方要把他打死，换钱，两个人在假顶下扭打起来。扭打中碰倒了支石头的柱子，石头轰然而下，反而把两个害人的家伙都砸死了。临死前，做假顶的人对孩子喊，让孩子跟窑主要两万块钱，回家好好上学，哪儿都不要去了。结果是，孩子上井后对窑主说了实话，窑主只给孩子很少的一点路费，就把孩子打发了。直到最后，我都让孩子保持着纯洁的心灵，没让孩子的心灵受到污染和荼毒。这也是我的理想所在。

导演李杨在把《神木》拍成《盲井》的过程中，下了不少矿井，付出了不少艰辛，我应该感谢他。但我对电影也有不满意的地方。比如：他让两个家伙嫖娼之后，在歌厅里大唱"掀起社会主义性高潮"，这在小说里是没有的，我认为没有必要。再比如：电影收尾处，他让孩子说了假话，得到了两万元赔偿，这也有悖于我的初衷，我的理想。

五

现实为实，理想为虚，这只是实与虚的关系之一种。实与虚的关系还有很多，我一共梳理出了十多种，比如：生活为实，思想为虚；物质为实，精神为虚；存在为实，情感为虚；人为实，神鬼为虚；肉体为实，灵魂为虚；客观为实，主观为虚；具象为实，抽象为虚；

文字为实，语言的味道为虚；还有近为实，远为虚；白天为实，夜晚为虚；阳光为实，月光为虚；画满为实，留白为虚；山为实，云雾为虚；树为实，风为虚；醒着为实，做梦为虚；等等。总的来说，实的东西是有限的，差不多是雷同的。而虚的东西是无限的，且不断发生变幻。实的东西和虚的东西结合起来，实因虚的不同而不同。

这么多种实与虚的关系，我不可能逐种都展开讲。如果每一种实与虚的关系都讲到，并举例加以说明，恐怕三天都讲不完，内容写一本书都够了。其实大家都是触类旁通、一点就透的智者，我不必啰里啰唆说那么多，只提纲挈领地提示一下就行了，如果我的提示能让朋友们认识到虚写的重要，并逐步确立起虚写的意识，我就算没有白费口舌。

但其中还有一种实与虚的关系，我认为特别重要，愿意拎出来和不厌其烦的朋友讨论一下。在所有实与虚的关系中，有一种关系最难处理。因为处理起来难度最大，我几乎愿意把它放在所有实与虚关系的首位。这种关系就是生活和思想的关系。

我们都知道，小说创作的主要目的是为了抒发情感，情感之美是审美的核心。好的小说应当情感真挚，饱满，动人。我们同样都知道，小说创作的主要任务不是为了表达思想，按照社会分工，表达思想应该是哲学家的主打。可是，小说创作既要有觉，还要有悟；既要有情感的触发，还要有思想的指引，小说毕竟是理性结出的果实，离开思想还真的不行。思想是小说创作中的思路，有了这条思路，才能引导我们从此岸到彼岸，没有这条思路呢，我们有可能失去方向，无路可走。铁凝说过一个意思也很好，她说小说所表达的不是思想本身，而是思想的表情。一句思想的表情，就把生活与感情、生活与思想、实与虚结合起来了。是不是可以这样说，我们所拥有的生活只是写作的血肉，而对生活的识

见才是写作的灵魂。换一个说法，我们靠生活画了一条
龙，还要用思想为龙点睛。只画龙，不点睛，龙还不是
一条活龙。只有既画了龙，又点了睛，龙才会活灵活
现，乘风腾空。

　　小说中的思想代表着我们的世界观，也就是对生
活的看法。我们选择什么样的题材，结构什么样的故
事，包括使用什么样的语言，一经落笔，对生活的看法
就隐含在作品里面了。没有一件作品不隐含作者的观
念、思考、判断、倾向和价值观。问题的关键在于，隐
含在作品中的思想是什么样思想，是自己的，还是别人
的？是新鲜的，还是陈旧的？是独特的，还是普泛的？
是深刻的，还是肤浅的？好作品和一般化作品的分野在
这里，好作家和平庸的作家也往往是在作品的思想性上
见高低。鲁迅的作品之所以有力量，正是在于他的思想
独特、深刻、犀利，处处闪耀着思想之光。

　　有一位我所熟悉的作者，操练小说已有十多年，他

写一篇，写一篇，总是不能突破自己，质量老也上不去。他多次听我讲小说创作，每次听过之后，都表示终于明白了，连茅塞顿开、醍醐灌顶这样的大词都说了出来。结果怎么样呢，再写的小说还是不行。他很苦恼，问我：这到底是咋回事呢？我没好意思说他的文学天赋差一些，只是指出他没有自己的思想。别人提倡什么，你写什么，这怎么能行呢！作家的职责很大程度上在于表达与别人不同的看法，人云亦云，有什么意思呢！

由于哲学素养不够，我本人也不是一个有思想深度的人。我只是认识到了思想性对小说创作的重要，始终没有放弃对小说中思想性的追求。请允许我举一个例子。母亲对我讲过发生在我们邻村的一件事。那是在"文革"后期，防止资本主义复辟的斗争仍在进行，仍不许人们做生意。做生意被说成是资本主义的尾巴，谁胆敢露一下"尾巴"就要挨批，就要被割"尾巴"。有一个货郎，他家的日子实在难以为继，穷得连吃盐买灯油的钱都没有了。无奈之际，他就悄悄挑起货郎担，到远一些的地方卖以前剩下的针头线脑。他外出做生意的事还是被队长知道了，队长组织社员批斗他，罚他的工分，还把他送到大队参加"斗私批修"学习班。所谓参加学习班，就是把他关进黑屋里，不给吃，不给喝，跟蹲班房差不多。货郎大概忍无可忍，有一天，社员们在饲养室的场院里刨粪，晾粪，货郎举起三齿的钉耙，一下子锛在队长的天灵盖上，把队长锛得七窍出血，当场毙命。货郎见队长死了，扔下钉耙，撒丫子向附近的麦田跑去。搞资本主义的人把队长打死了，这还得了！社员们抄起钉耙，一窝蜂似地向货郎追去。货郎知道跑不掉，站下不跑了。结果被冲上来的社员们一阵乱钉耙锛死，锛成了一摊肉泥。

听到这件事后，震惊之余，我觉得这里面有小说的因素，说不定可以写成一篇小说。一开始我想把它写成批判极"左"路线所造成的民不聊生。但当时表现这种思想的小说很多，几乎充斥了各种刊物，如果我还是按照这个思路写，写不出什么新意不说，就算写出来了，发表了，也只能被大量的小说所淹没。于是，我暂时没有写。后来我琢磨着想把它写成一篇复仇的小说，写货郎向队长复仇。复仇小说有心灵的交锋，人性的角力，容易写得紧张，惊悚，动人心弦。但我想了想，还是没有写。因为在此之前我已经写过一篇复仇的小说《走窑汉》。这篇小说还受到了好评，林斤澜说我通过这篇小说"走上了知名的站台"。自己写过复仇的小说了，如果再按这条路子写，就是重复自己，会让人觉得不好意思。我把小说的思想也称为短篇小说的种子，在没有找到合适的种子之前，我们不必急于动笔，只管让它在脑子存放着就是了，反正它不会烂掉。我们对它认识再认识，总会有一天，种子会成熟起来，破壳而出，最终变成与众不同的小说。

这个素材一直在我脑子里存放了二十多年，后来我读美国作家斯坦贝克的小说集，读前言时，知道他以前是研究海洋生物的。他的研究得出了一个结论，海洋生物一旦形成集体，具有很大的攻击性。他把这种攻击性说成是集体的攻击性。看到这里，我联想到人类，想到人类一旦形成集体，人性的恶也会以前所未有的能量爆发出来。我把这种人性恶称为集体的人性恶。有了这个理念，素材便以全新的面貌呈现在我面前，好，小说可以写了。

我写小说愿意盯着人性来写，先是人性，后是社会性；先是趣味，后是意味；先是审美，后是批判；先是诗，后是史。我们每一个生命个体，都是人性的复合体，同时存在着各种各样的人性。人性非常复杂，有着无限的丰富性。我们不想承认也不行，在每个人的人性当中，既有正面的成分，也有负面的成分；既有善，有时也会有恶。特别是处在群体之中，在一种隐姓埋名、去个性化的情况下，人性的恶会不自觉的表现出来。这样的例子在现实生活中可以举出很多。比如一个人爬到建筑物的高处，准备往下跳。下面聚集的众多看客，不一定希望这个人被救下，而是希望看到人家真的跳下来摔死。四川成都就发生过这样的事，一个男人站在楼顶，很多人在下面仰着脸看，有人喊：跳啊，跳啊，你怎么还不跳？还有人喊：要想跳你早就跳了，我看你还是怕死！结果这个人被激得真的跳下来，摔死了。下面的人一阵呜呼，集体的人性恶得到了极大地满足。互联网中的网络暴力，所表现的也是一种集体的人性恶。还有我国历史上所发生的一些群体性的政治事件，也都有集体人性恶的参与和推动。

以这个思路为统领，我在原有素材的基础上展开充分想象，设计了张三嫂、李四爷、王二爹等几个代表群体的人物，让他们轮番在货郎面前拱火，怂恿货郎跟队长拼命。货郎本来是一个懦弱的人，并没有打算跟队长拼命，但经不起众多村民的反复挑唆，好像他若不把队长打死，自己就不算一个男人。货郎在没有退路的情况下，只好把队长打死。货郎把队长打死了，村民们得到了理由，也把货郎打死了。在小说的最后，我渲染了村民们追打货郎时类似狂欢的场面，把集体人性恶的表演推向了高潮。小说的题目叫《平地风雷》，发在《北京文学》2000年第8期。小说一经发表，就受到了评论界的注意。陈思和先生主编一本《逼近世纪末小说选》，收录了这篇小说。

　　这个题目就讲到这里，谢谢朋友们！